ありえないほどうるさいオルゴール店

瀧羽麻子

幻冬舎文庫

ありえないほどうるさいオルゴール店

もくじ

よりみち

静かな店だった。

美咲《みさき》は右手を悠人《ゆうと》とつないだまま、左手で重たい木のドアを閉めた。からん、とひかえめなベルが鳴り、また静寂が戻る。おもての小さなショーウィンドウを見て、音楽か、そうでなくてもなにかしらの音が聞こえてくるかと予期していたので、こうも静まり返っているのは少し意外な気がした。

三、四坪ほどのこぢんまりとした店内には、客も店員もいない。奥に向かって細長いつくりで、天井まで届く高い棚が左右の壁に沿って並んでいる。つきあたりには横長のテーブルが据えられ、そのさらに背後に、もうひとつドアがひかえている。ショーウィンドウの他には窓がなく、天井からぶらさがった、ガラスのかさがついた古びたランプも消えていて、全体にほの暗い。初夏の陽《ひ》ざしの中を歩いてきて、目が馴《な》れていないせいで、よけいに暗く感じるのかもしれない。ランプに限らず、飴色《あめいろ》に磨きこまれた床も棚も、どっしりしたテーブルも、内装はおしなべて古めかしい。静けさと暗さが相まって、骨董屋《こっとうや》か古本屋か古着屋か、とにかくある程度の年月を経たものを扱う場所のようにも見える。

そういう店を、悠人はなぜか好むのだ。他の子と違って、カラフルなおもちゃ屋や甘いにおいを振りまくケーキ屋には、目もくれない。

きょろきょろと左右をうかがっている息子のつむじを、美咲は見下ろした。視線を感じたのか、悠人が体をひねってこちらをふりあおいだ。にっこり笑い、美咲の手をひいて棚に向かっていく。

天井から床まで細かく区切られた棚には、どの段にも透明な箱がびっしりと並んでいた。手のひらにのるくらいの小ぶりのものもあれば、ショーウィンドウに飾られていたような、比較的大きなものもあり、そのひとつひとつに金色の器械が入っている。

誘われるように、悠人が右手をさしのべた。

「さわったらだめ」

美咲は思わず声を出し、悠人の左手をひっぱった。悠人がびくりと肩を震わせ、伸ばしかけていた手をひっこめ、そして突然、右を向いた。

美咲もつられてそちらを見やり、息をのんだ。

「いらっしゃいませ」

店の奥に、黒いエプロンをつけた男がいつのまにか立っていた。

すみません、見ているだけなんです、と美咲がおずおずとことわっても、店員はいやな顔はしなかった。

「そうですか。どうぞ、ごゆっくり」

優しく言って、テーブルの向こうでなにやら作業をはじめた。迷惑がられているふうではないものの、それでもやはり美咲は落ち着かない。

オルゴールは三歳児向けの遊び道具ではない。特に、悠人のような三歳児の。

「そろそろ行こうか」

つないだ手を小刻みに揺らしてみた。悠人は反応せず、食い入るようにオルゴールを見つめている。手はふれないかわりに、顔をぎりぎりまで近づけている。頭のいい子だ。さっきさわろうとしてとがめられたのを、ちゃんと覚えているのだろう。

美咲はあきらめて手の力をゆるめた。悠人の手がするりと抜ける。

日頃から聞きわけのいい悠人がこんなふうに動かなくなるなんて、珍しい。せっかくだから心ゆくまで眺めさせてやりたい。

店員を横目で盗み見る。客を気にするそぶりもなく、うつむいて手を動かしている。手もとの電灯に照らされて、先ほどよりも顔がよく見えた。年齢は美咲と同じ、三十代の半ばくらいだろうか。色白で、ほっそりとやせていて、さらさらしたまっすぐな髪が耳の下あたりまで伸びている。

美咲はまた棚に向き直った。手持ちぶさたに視線をすべらせたところで、隅に白い紙が何枚か重ねて置いてあるのが目にとまった。

一枚、手にとってみる。ざらざらした粗い手ざわりの紙に、手書きの文字が並んでいる。この店を紹介する、手作りのチラシのようだった。

オルゴールの器械には、文字どおり櫛《くし》のかたちをした櫛歯と、円筒形のシリンダーが組みこまれています。櫛歯はピアノの鍵盤《けんばん》と同じように、数が多いほど音域が広くなります。歯の数にちなんで、一八弁、三〇弁、などと呼ばれ、一四四弁という大型のものまであります。この櫛歯を、シリンダーにつけた突起ではじいて音を出します。シリンダーの回転方法によって、手回し式とぜんまい式があります。

オルゴールをお求めいただく際には、上記の器械の種類とあわせ、曲目と外箱も決めていただきます。曲目は、既製品の中から選ぶことも、お好きなメロディーをオーダーメイドで作ることもできます。ご相談いただければ、耳利《みみき》きの職人が、お客様にぴったりの音楽をおすすめします。外箱は色や素材を選べるほか、絵を描いたり飾りつけをしたりもできます。ご自分やご家族との思い出の品として、またプレゼントとしても最適です。

世界にたったひとつ、あなただけのオルゴールを作ってみませんか？

宣伝文句の下には、組みあわせの例がいくつか挙げられ、値段の目安も記されている。千円台から数万、数十万円まで幅広い。オルゴールといえば土産物屋《みやげものや》で見かけたことがあるくらいで、専門店に入るのははじめてだが、けっこう奥が深いものらしい。この界隈《かいわい》には何度も来ているにもかかわらず、こんな店があるとは知らなかった。年季の入った店がまえからして、最近できたふうでもない。道を挟んで向かいにある、古びた喫茶店には見覚えがあったから、前を通ったことはあるのに見落としていたのだろう。

不意に、なつかしい、可憐《かれん》な音色が耳に飛びこんできた。美咲はチラシから顔を上げ、ぎょっとした。

悠人がいない。

あせって首をめぐらせると、奥のテーブルの手前に、小さな後ろ姿が立っていた。とっさに、大きな声が出た。

「悠人」

オルゴールの音がぴたりとやんだ。

やや背をまるめ、テーブルを挟んで悠人と向かいあっていた店員が、美咲を見た。一拍遅れて、自分の肩あたりまである机の縁《へり》に両手をかけて彼の手もとをのぞきこんでいた悠人も、顔を上げた。

それから、彼の視線をたどったのだろう、美咲のほうを振り向いた。

「すみません」

美咲はふたりに駆け寄った。悠人は不安そうにおとなたちを見比べている。

「いえ、こちらこそ説明もせずに、失礼しました。そこにあるのは全部見本なので、自由にさわっていただいてかまわないんですよ」

美咲の頬が、かっと熱くなった。

そうだ、ここに並んでいるのは、置きものでも精密機械でもない。いくら熱心に見つめても、それだけではオルゴールの中にどんな音楽が封じこめられているのかはわからない。ためしに聴いてみようとするのはごく普通のことだろう。親子連れだったら、母親がひとつ手にとって、子どもに聴かせてやるところかもしれない。

もし普通の親子連れだったら。

「動いてるほうが、おもしろいですよね」

店員は再び手首を回し、オルゴールを鳴らしはじめた。美咲にも聞き覚えのある、古い子ども向けのアニメの歌が流れ出す。今もまだ放映しているのだろうか。近頃はほとんどテレビをつけないのでわからない。

「音が見えますからね」

店員が楽しそうに続けた。

美咲はあらためて器械に目を落とした。チラシにも書かれていたとおり、円筒を横に倒したかたちの部品と、櫛の歯のようなひらたい部品が、くっついて配置されている。透明な箱から突き出した持ち手を回すと、筒が動き、表面の細かい突起が並んだ歯をはじく。

確かに、音が見える。

「ひとつ、いただけますか」

気づいたら、美咲はそう言っていた。

「お母さんに？　それとも、お子さんに？」

店員が微笑《ほほえ》んだ。手は休めない。悠人はかすかに首をかしげ、彼の手もとを凝視している。

悠人の耳は大きい。なめらかな曲線を描いた耳たぶはふっくらと厚く、いわゆる福耳と呼んでいいだろう。

　こんなに立派な耳がその機能を果たしていないなんて、本当に信じられない。

「息子に」

　と、美咲は答えた。


　店員はテーブルの前に折り畳み式の椅子《いす》を出して、美咲と悠人を座らせた。

「器械の種類と、外箱と、あとは曲目を選んでいただきます」

　器械は最も安い、音域の狭いものにした。それでも十八音が出せるのだから上等だ。店員いわく、市販されているオルゴールはたいていそれらしい。外箱のほうは、出してもらった見本の中から、悠人が迷わず青い木の小箱を指さした。

　曲目を決める段になって、困った。

「息子さんに、ですよね」

　店員はひとりごとのようにつぶやき、悠人に向かってたずねた。

「なにかお好きな曲はありますか?」

　おとなに対するような、丁重な言葉遣いだった。あまり子どもに慣れていないのかもしれない。妻子持ちでもおかしくない年頃のはずなのに、おっとりした口ぶりも華奢《きゃしゃ》な体つきも、どうも生活感がない。

話しかけられた悠人は、まばたきもせずに店員を見つめている。耳をすましているように、見えなくもない。

「曲のリストみたいなものってありませんか？」

美咲は口を挟んだ。

「すみません。あることはあるんですが、お子さん向けのものではなくて。漢字ばかりなので、読みにくいかと」

「かまいませんよ。わたしが読むので」

「えっ」

店員がきょとんとした。

「でも、息子さんのオルゴールでは……」

「はい。ただ、この子が自分で選ぶのは難しいですから、わたしがかわりに」

「はあ、そうですか」

あからさまに眉をひそめられ、美咲は少しむっとした。まるで、子どものものを親が勝手に決めるなんてかわいそうだといわんばかりだ。

「あの、もしよかったら」

彼は遠慮がちに続けた。

「こちらにお任せいただければ、ふさわしい曲をおすすめできますが」

そういえば、チラシにもそんなことが書いてあった。

しかし納得いかない。専門店の店員とはいえ、見知らぬ他人のほうが母親よりも、この子にふさわしい曲を決められるなんて。

「それはどうやって選ぶんですか？」

美咲はあえて聞いてみた。

「ええと、選ぶというかですね」

店員はまじめな顔で答えた。

「お客様の心の中に流れている曲を聴かせていただいて、それを使います」

意味がわからない。黙っている美咲にはかまわず、彼はテーブル越しに身を乗り出した。

「実は、当店ではその方法を一番おすすめしています。これまでたくさんのお客様にご満足いただいてきました」

美咲は沈黙を守った。心の中の曲を聴くだなんて、明らかにうさんくさい。変な店に入ってしまった。もしや法外な値段をふっかけてくるのだろうか。

「いかがでしょう。お試しになりますか」

「でも、お高いでしょう」

遠回しに断ったつもりだったが、店員はぶんぶんと首を振った。

「とんでもありません。できる限り、お求めやすくさせていただいています。当店が自信を持っておすすめしているものですから」

値段を聞けば、確かに既製品と変わらないようだった。完成してから、もしも気に入らなかった場合には、返品もできるという。

「じゃあ、それでお願いします」

納得したというより、ふたりのやりとりを見守っている悠人の心配そうな表情が、美咲には気にかかったのだ。これ以上、押し問答を長びかせたくない。

「ありがとうございます」

店員は神妙に頭を下げた。

「それでは、少しお時間をいただけますか」

美咲ではなく悠人に声をかけ、テーブルのひきだしからぶあついノートを取り出した。

店を出てから、美咲は悠人とまた手をつなぎ、運河に沿った石畳の小路をぶらぶら歩きはじめた。

海に面したこの街は、昔は海運で栄えたという。往時のにぎわいが失われた今も、港に程近い一帯には、かつての面影が残っている。縦横にめぐらされた運河のほとりに、異国情緒の漂う石造りの建物や倉庫が並び、その外観を活かして中だけを改装して営業している店も見かける。あのオルゴール店もそうだろう。趣のある水都の風景は、新鮮な魚介類とあわせて市の観光資源にもなっている。港の周辺には、観光客を見こんだ土産物屋や飲食店も多い。

ただし地元の人間は、なにか用でもない限り、わざわざ足を延ばす機会は少ない。美咲も例外ではなかった。週に二度、港とは駅を挟んで反対側にあたる高台の住宅地からバスに乗ってやってくるようになったのは、一年前からだ。

悠人の耳が聞こえていないとわかったのは、二歳半のときだった。それから一年間、専門の教室に通っている。先天性の難聴だそうで、医者からは手術をすすめられている。決断は早ければ早いほど望ましく、遅くとも四歳の誕生日までには決めたほうがいいという。つまり、あと半年もない。

手をひっぱられて、美咲はわれに返った。

横に並んでいたはずの悠人が、半歩ほど前に出ていた。無意識のうちに歩みが遅くなっていたようだ。

「ごめん、ごめん」

悠人が軽く首を振り、前に向き直った。日常的に使う簡単な言葉なら、手話に頼らなくても唇《くちびる》の動きと表情で伝わる。

角を曲がると、運河がとぎれた。路地の先にこぢんまりとした緑地が見えてきて、悠人が足を速めた。

緑地には誰もいなかった。ひと休みできるベンチも、子どもが好みそうな遊具もないせいか、たまに観光客らしき人影を見かけるほかは、たいがいひとけがないのだ。美咲が手を離したとたんに、悠人は奥の芝生へいちもくさんに駆けていった。

めあては芝生そのものではない。そこに敷かれている、線路である。作りものではなく、実際に使われていた廃線の跡だ。役目を終えた線路が、ここを起点に遊歩道として整備されているのだった。これも、この街に活気があふれていた古き良き時代の名残《なごり》らしい。

悠人はぴょんぴょんと躍るような足どりで、線路の上を歩き出す。たまたま通りかかって以来、すっかり気に入ってしまい、教室の帰りにはほぼ必ず立ち寄っている。遊歩道は緑地の外にも続いていて、両側に柵が立てられ、車は入ってこられない。

とはいえ、手入れが行き届いているのは緑地から二、三メートルほどだ。線路をたどって進むにつれ、周りに茂る雑草の背が高くなっていく。地面にはでこぼこが目立ち、大きな石ころが無造作に転がっている。

最初のうちは、悠人が転ばないかと気をもんでいたけれど、危なっかしいのはどちらかといえば美咲のほうだった。つまずかないように注意しつつ、追いかける。もっとも、足もとに集中しているほうがよけいなことを考えずにすんで、ちょうどいい。不用意に周囲を眺め回すと、線路を渡る涼しい風が胸の中にまですうすうと吹きこんでくるようで、心もとない。

なんてさびしいところだろう、と思う。もう二度と鳴ることのない踏切、永遠にきしむことのない線路、ここは音の失われた場所だ。

悠人がいきなり足をとめ、しゃがみこんだ。線路の隙間《すきま》からぼうぼうと伸びた雑草を、しげしげと観察している。美咲もその傍らにかがんだ。ひょろりとした草から母親の顔へと、悠人が視線を移す。

一対の大きな黒い瞳の中に映りこんだ美咲は、薄く笑っている。悲しくなったとき、反射的に笑みを浮かべる癖がついてしまった。

「帰ろう」

美咲は口を大きく開け、一音ずつ区切るように、ゆっくりと言った。泣くわけにはいかない。悠人に心細い想いをさせるわけにはいかない。この子には、目に見えるものがすべてなのだから。言い訳してごまかすことは、できないのだから。

「来週、また来ようね」

そのときに、あのオルゴールも受けとりにいこう。

近所のスーパーマーケットで買いものをしてから、家に帰った。美咲が食事の準備をしている間、悠人はおとなしくひとりで遊んでいた。夕食をすませ、悠人を寝かしつけたところで、陽太《ようた》が帰ってきた。

着替えてからリビングに現れるまでしばらく時間が空くのは、寝室に寄って息子の寝顔をのぞいているからだ。せっかく寝かせたばかりなのに、勢いよくドアを開け閉めするので、静かにしてちょうだい、と以前はよくたしなめたものだった。

美咲は料理を手早くあたため直し、冷蔵庫から発泡酒の缶を出した。

「教室はどうだった？」

食卓につくなり陽太がたずねるのは、習慣のようになっている。

「うん、いつもどおり」

同じように耳の不自由な子どもが集う教室で、悠人は優等生でとおっている。なにをやっても理解が早く、規則をきちんと守り、友達とも仲よくやっているらしい。悠人くんは本当にいい子ですよ、とどの講師も口をそろえる。

「悠人は大丈夫でしたか？」

見送りに出てくれた若い担任に、美咲は今日も聞いた。

「はい。今日も、とってもおりこうでした」

彼女はほがらかに答えた。

「ご安心下さい。なんの問題もありません」

悠人が入っている三歳児のクラスでは、一般の幼稚園と同じようにお遊戯やお絵描《えか》きをする一方で、手話や文字の勉強もする。親は親で別室に集められ、手話を習っている。専門家を招いた講演会や相談会が開かれる日もある。

参加が義務づけられているわけではないが、美咲は毎回出席している。同じ境遇の母親たちと情報交換ができるのも心強い。話の内容によっては、ぐったりとくたびれてしまう日もあるけれど、悠人の待つ部屋まで廊下を歩いている間に、口の両端をひきあげる。他の母親もみんなそうだ。わが子をひきとるときには、相談会での悲愴《ひそう》な表情とは別人のように、穏やかな笑顔になっている。それぞれの息子や娘のために、笑ってみせるのだ。

「帰り道で、悠人にオルゴールを買ったの」

昼間のできごとを思い出して、美咲は夫に言った。

「オルゴール？　悠人に？」

うまそうに発泡酒を飲んでいた陽太が缶から口を離し、ぽかんとして聞き返した。美咲は早口で補った。

「器械が動いてるのを見るのがおもしろいのかな。すごく気に入ったみたいで」

陽太が気を取り直したようにうなずいた。

「そうか、よかったな。どんなの？　見せてよ」

「まだできてないの。これから作ってくれるって」

「へえ、オーダーメイドってこと？　本格的だな」

「うん、まあ。でも意外に安かったよ」

美咲が言うと、陽太はすぐさま首を振った。

「いいよそんな、値段なんか。悠人がなにかほしがるなんて、珍しいし」

「来週、教室の帰りにでも取りにいくつもり。店員さんが、おすすめの曲を選んでくれるんだって」

それでは聴かせていただきます。

あの店員は厳かに宣言し、おもむろに両手を耳にやった。長めの髪に隠れた左右の耳に、透明な器具がひっかかっていることに、美咲はそこではじめて気がついた。

彼は慣れた手つきで両耳からそれぞれ器具をはずし、テーブルの隅に置いた。ことり、とかすかな音がした。

あまりじろじろ見てはいけないと自戒しながらも、美咲は器具から目を離せなくなっていた。かたちは補聴器によく似ている。でも、おかしい。彼は悠人の「心の音楽」とやらを聴くと言ったのだ。もしこれが補聴器なら、どんな音を聴くにしても、はずすのではなくてつけるところではないか。

店員は美咲の視線を気にするでもなく、机の上に出したノートを開いた。中は五線紙だった。ペンを手にとり、悠人の顔をまじまじと見据え、それから目をつぶった。芝居がかったといえなくもない一連の動作を、美咲はあっけにとられて見守った。

数秒だったか、数十秒だったか、彼はじっとまぶたを閉じていた。そして、やにわに目を開け、五線紙の上に猛然とペンを走らせはじめた。のんきそうな雰囲気から一変して、なにかに急《せ》きたてられているような、ただならぬ勢いだった。美咲は気圧《けお》され、ただ眺めていた。悠人はまじめくさった顔をして、身じろぎもしなかった。

あっというまに一ページ分を埋めてしまうと、店員はぱたんとノートを閉じた。なに食わぬ顔で耳に器具をつけ直し、月曜日にはできあがりますので取りにいらしてください、お代もそのときにちょうだいします、と事務的に告げた。

むろん、彼に本当に音楽が聞こえていたのかどうかはわからない。それらしい身ぶりをしてみせたとはいえ、冷静に考えればかなり眉唾《まゆつば》ものだ。楽譜を読み慣れていない美咲には、五線紙に並んだ音符を反対側から見ても、なんの曲かはわからなかった。悠人くらいの年齢の子に受けそうな曲を書きとめただけかもしれない。

半面、興味もあった。できあがったオルゴールからは、いったいどんな旋律が流れ出すのだろう。店員の言葉を信じるなら、これまで何人もの客に同じ方法でオルゴールを作ってきたらしい。そんな彼が悠人のために選んだ音楽を、美咲も聴いてみたい気がした。

しかし、陽太は違ったらしい。

「それ、どうなの？　あやしくない？」

疑わしげにたずねられ、詳しく話したことを美咲は後悔した。どう考えても、陽太が好みそうな話ではない。

「その店員、悠人の耳のことは気づいてた？」

「たぶん、気づいてなかったと思うけど」

悠人の耳が聞こえないと知った相手が見せがちな表情を、彼は浮かべていなかった。子ども慣れしているふうでもなかったから、悠人くらいの年頃ならけっこう喋《しゃべ》るものだという知識も、持ちあわせてはいないのだろう。せいぜい、無口な子だと感じた程度ではないか。

「ひとこと言えばよかったのに。そしたら、そんな妙なことも言われなかったんじゃないの」

「だって、赤の他人にそんな……」

行きずりの他人にまで、同情されたり困惑されたりしたくない。

「事実じゃないか」

さえぎった陽太の声に、もう険はなかった。子どもに言い含めるような、淡々とした口ぶりだった。

「気に入らなきゃ返品できるっていったって、悠人にはどうしようもないよな？　気に入らないもなにも、どんな音が鳴ってるんだかわかんないんだから」

陽太は正しい。いつだって正しい。耳が聞こえない息子のことを、全力で守ってやるべきだと言う。現実を直視すると同時に、卑屈にならず堂々とかまえて、弱者としての権利を主張しなければならない。おれたちには親として戦う責任がある、と。

「まあ、もう買っちゃったものはしかたないな。悠人が喜ぶんだったら、それが一番だよ」

陽太が話を打ち切るように、ごちそうさま、と手を合わせた。食卓から立ちあがりざま、ひとりごとのようにぼそりとつぶやく。

「やっぱり手術を受けたほうがいいんじゃないかな」

最近、悠人の話をしていると、決まってそこへ行き着く。可能性を広げるために、できる限り手を尽くしてやりたいというのが陽太の考えだ。

もちろん美咲だってそう思っている。心底思っている。

ただ、全身麻酔が必要となる頭部の大手術となると、どうしてもひるんでしまう。悠人の小さな頭が切り開かれるなんて、考えただけで胸が苦しくなる。それで取り返しのつかないことになってしまうくらいなら、高性能の補聴器や手話をめいっぱい活用して、今の調子でどうにかやっていけないものだろうか。幸い悠人は手話の理解も早く、相手の唇の動きや表情を注意深く読みとることにも長《た》けている。今のところ、意思疎通の面でそこまで不自由はない。

なかなか決論を出せない美咲を、陽太は急かそうとはしない。悠人と一番長く一緒にいる美咲の判断を、尊重したいと言ってくれている。それはたぶん、うそではない。正直なひとだ。正直すぎて、ときどき気持ちがあふれ出てしまうのだ。

教室で顔を合わせる難聴児の親たちの間でも、手術に対する姿勢はまちまちだ。思いきって受けてみたいという肯定派も、様子を見ておいおい考えていくという慎重派もいる。いろんなひとが、いろんなことを言う。身近なところでも、たとえば美咲の母は、陽太とまるで違う意見を持っている。

ありのままを受けとめてやればいいと母は美咲を励ます。誰が悪いわけでもないんだし、自分の子どもに誇りを持ちなさい。お兄ちゃんのとこだって、あんなに大変だったのに、なんとかなったじゃないの。

美咲の兄には一人娘がいる。赤ん坊のときから癇《かん》が強くて手を焼いていると聞いてはいたが、たまに一家と顔を合わせるたびに、どちらかといえば姪《めい》よりも嫂《あによめ》の様子に美咲は驚かされた。出産前は上品で優しかった彼女は、別人のように険しい顔つきで、ヒステリックにわが子をしかりつけていた。娘が床を転げ回って泣きわめけば、美咲たちが見ている前でも、ぞっとするほど冷たい声を張りあげて応戦し、手を出すときさえあった。母から聞いた話では、娘の脳に障害があるのではないかと疑って、検査まで受けたらしい。なにも異常はないと診断結果を言い渡されたときには、なにかの間違いじゃないか、この子は絶対におかしいはずだ、と医師に食ってかかったそうだ。

そんな姪は、幼稚園に入ったらころりと落ち着いた。昨年小学校に入学し、学級委員を務めている。今では母娘の仲もしごく良好だという。言葉が通じるようになったのがよかったんだな、と兄は感慨深げに言っていた。相手の声が物理的に聞こえるかどうかと、その言葉の意味を正しく理解できるかどうかは、別の問題なのだ。

ともあれ、そうして状況が好転してからも、手のかからない悠人を見るにつけ、いいわねえ、と嫂はうらやましげに言ったものだった。つい一年ほど前までは。

月曜日、悠人の教室が終わってから、美咲たちはいつものように運河沿いを歩きはじめた。廃線跡の緑地まで、入り組んだ路地を抜けていく道筋は何種類もある。あのオルゴール店の前は通らないように、美咲は道を選んだ。

陽太の言うとおりだった。どうしてあんなものを買おうと思いついたのだろう。あの店員はきっと、できあがったオルゴールを悠人に渡し、聴いて下さいと自信ありげにうながすだろう。あるいは自ら鳴らしてみせるかもしれない。いずれにせよ、短い旋律が流れた後で、気に入ったかと問うに違いない。

悠人には答えられない。今回ばかりは、美咲がかわりに答えるわけにもいかない。

電話して注文をとりさげようかとも考えた。返品も可能なのだから、おそらく問題ないはずだ。でもよく考えたら、店名もわからなかった。引換証のようなものも渡されなかったし、こちらの名前や連絡先も聞かれていない。あのときはぼんやりしていて不審にも感じなかったけれど、おおらかというか、いいかげんというか、やっぱり変な店だ。さすがに無断ですっぽかすのは気がひけるので、また日をあらためて、美咲ひとりで出向くことにした。事情があって必要がなくなったと謝ろう。

悠人は美咲に手をひかれるまま、ゆっくりと歩いている。時折首をめぐらせて、運河の上を飛びかうかもめや、通り過ぎる自転車を目で追っている。

あの店のことを、悠人は忘れてくれているだろうか。美咲と同様、店を出た直後はいつになくぼうっとしていたし、翌日以降もオルゴールの話題にふれることはなかった。あのおもちゃを買ってもらったとも認識していないのかもしれない。その場では品物を受けとらず、代金すら払わなかったのだ。珍しい器械を少しばかり見学した、と受けとめた可能性もある。

例によって、緑地には誰もいなかった。悠人が美咲の手を離し、とことこと線路に向かって歩いていく。

芝生をつっきり、遊歩道の入口に立ったところまでは、いつもどおりだった。これもいつものとおり、いそいそと線路をたどりはじめるかと思いきや、美咲の予想を裏切って、悠人はぴたりと足をとめた。

「どうしたの？」

美咲はつぶやいた。悠人は振り向かない。背後で声を出しているのだからあたりまえなのに、どういうわけか胸騒ぎがした。

「悠人」

駆け寄って肩をたたこうとしたとき、どこからか声が聞こえた。

歌声だった。美咲は首を伸ばし、線路の先に目をこらした。遠くのほうに人影が見えた。おとなと子ども、ふたりいる。

母親と娘のようだった。つないだ手を前後にリズミカルに揺らし、こちらへ少しずつ近づいてくる。歌っているのは、美咲には聞き覚えのない、童謡ふうの単調な曲だった。母親の澄んだアルトにかぶせて、子どもがめちゃくちゃな音程で甲高い声を張りあげている。ゆったりした水色のワンピース姿の母親は、美咲よりもいくらか若いだろうか。娘のほうも、よく似た色とかたちのワンピースを着ている。背格好は悠人と変わらない。ふわふわと裾《すそ》を揺らし、枕木を一歩一歩きちょうめんに踏んでいる。美咲たちの数メートル前まで来たところで、ふたりは最後の一音をながながとのばすと、ようやく口を閉じた。立ちつくしている見知らぬ親子連れに遠慮したわけではなくて、歌がちょうど終わったらしい。満足そうに目くばせをかわし、くすくす笑いあっている。

女の子が遅いながらも足をとめそうにないので、美咲は悠人に両手をさしのべた。後ろから抱きあげようとしたのだった。このままではぶつかってしまう。

美咲の指がふれるよりも一瞬早く、悠人は自分から線路の横によけて、道を譲った。

「こんにちは」

すれ違いざまに、母親が快活に言った。やや舌足らずな発音で、娘も続けた。

「こんにちは」

美咲は返事ができなかった。目礼するのがせいいっぱいだった。軽やかな足音を背中に聞きながら、膝《ひざ》を折って息子の顔をのぞきこむ。

「悠人、大丈夫？」

悠人はうっすらと微笑んでいた。最近、たまに見せるようになった表情だ。かしこい子なのだ。あの女の子と自分の違いを、たぶん理解しているのだろう。幼児には似つかわしくない、おとなびた、達観したとも表現できるような笑みは、その事実を粛々と受けとめているしるしのように、美咲には映る。憤るでも悔しがるでもなく、そういうものだとあきらめているかのように。

美咲は地面にひざまずき、悠人を抱きしめた。

「悠人」

いろんなひとが、いろんなことを言う。

悠人はいい子だ、問題ない、と教室の講師たちは言う。息子をほめてもらって、美咲もうれしくないわけではない。彼らには親子ともども本当に世話になって、感謝もしている。でも、ときどき叫び出したくなることがある。ひとの好さそうな年若い講師を、詰問しそうになる。なんの問題もない？　安心していい？　あなたは本気でそう思うの？

つらくてもいつかきっと報われる日がくる、と嫂は言う。子育てでさんざん苦闘してきた彼女が、善意で励ましてくれているのは美咲にもわかる。屈託なく母親に甘えている姪の姿は、かつての修羅場を知っているだけに、ほほえましくも感じる。

でも、やっぱり胸が痛む。半狂乱でわが子とやりあう嫂を見て、わたしも将来こうなってしまったらどうしよう、とこっそり身震いしていた自分が恥ずかしい。あんなふうにひどいことを考えた罰を、今になって受けているのだろうか？　だけど罰せられるべきなのは、悠人じゃなくてわたしだ。

あんたのせいじゃない、と母は言う。そこは陽太も同意見だ。そんなに自分を責めるなと美咲を諭《さと》す。

でも、耳が聞こえる子に産んであげられなかったのは、わたしなのだ。

「悠人、ごめんね」

大丈夫だよと言いたい。お母さんがついているよと言いたい。ずっとそばにいて、あなたを守ってあげると言いたい。けれど、わたしの声は届かない。のどを嗄《か》らして叫んでも、むだに空気を震わせるだけで、肝心の場所には永久に届かない。わたしの気持ちを、どうすればこの子に伝えられるだろう？

美咲の胸におしつけられた悠人が、きゅうくつそうに体をよじった。

美咲はあわてて腕をほどいた。深く息を吸い、ゆっくりと吐く。目頭がひどく熱くなっている。悠人は困ったように眉根を寄せて、美咲を見つめている。

三度、深呼吸を繰り返し、やっと持ち直した。のどをふさいでいたかたまりを飲み下して、口角をひきあげる。

「お待たせ。行こうか」

線路の上へ足を踏み出した美咲のスカートを、悠人がためらいがちにひっぱった。

「今日はもうやめとく？　帰ろうか？」

美咲の問いに、悠人は首を横に振った。右手で小さな握りこぶしを作り、胸の前でくるくると回してみせる。

覚えていたのか。

「わかった。取りにいこう」

美咲が観念するまで、悠人は一心に手を動かし続けていた。


店は先週と変わらず、ひっそりと静かだった。

「いらっしゃいませ。お待ちしておりました」

店員は美咲たちを覚えていたようで、にっこり笑った。奥のテーブルの前に、すでに椅子がふたつ出してある。

「どうぞ、おかけ下さい」

愛想よくうながされ、美咲は悠人と並んで腰かけた。いつ来ると約束していたわけでもないのに、ずいぶん準備がいい。

「おふたりの足音が聞こえたので」

美咲の内心を見透かしたかのように、店員が言った。

これは彼流の冗談なのだろうか。前回見かけた耳の器具のことも頭をよぎり、美咲は反応に困ったが、彼はすまして続けた。

「もうじきコーヒーができます。お子さんには、ジュースを」

言い終えるなり、背後でからんとベルが鳴った。

店に入ってきたのは、白いエプロンをつけた、おかっぱ頭の若い娘だった。両手で持った銀色の盆に、真っ白なソーサーつきのカップがふたつと、黄色いジュースの入ったガラスのコップがひとつ、のっている。コーヒーのいい香りが漂ってくる。悠人も鼻をひくひくさせて、しずしずと近づいてくる彼女を目で追っている。

彼女はテーブルの上に紙のナプキンとコースターを手際よく並べ、三人分の飲みものを置くと、さっと一礼して出ていった。

「いつもお向かいにお願いしてるんです。僕はどうも、こういうのは得意じゃないもので」

それにしても、本当に準備がいい。まさか足音が実際に聞こえたわけではないだろうから、客が店に入っていくのが見えたらすぐに飲みものを用意して持ってくるように、あらかじめ頼んでおいたのだろうか。しかも、コーヒーの香りをかぐ限り、作り置きではなくきちんと淹《い》れられたもののようだ。

ひと口飲んで、それは確信に変わった。

「おいしい」

「でしょう。ここのコーヒーは絶品なんです」

うれしそうに言ったわりに、店員は熱いコーヒーをじっくり味わうふうでもなかった。申し訳程度に口をつけたきりでカップを置き、居ずまいを正す。

「では、お聴きになりますか」

前のめりの体勢とまっすぐなまなざしが、教室で描いた絵やつんできた草花を見せてくるときの悠人と、そっくりだった。

美咲は隣を見やった。両足をぶらぶらさせてジュースを飲んでいた悠人が、こくりとうなずいた。

「こちらです」

店員がテーブルの下から青い小箱を出し、悠人の正面にそっと置いた。

「どうぞ」

悠人が両手を伸ばして箱を引き寄せた。ふたを開け、中の器械に目を落としつつ、細い持ち手を指でつまんでそろそろと回しはじめる。

流れ出したのは、子守唄だった。

速くなったり遅くなったり、たどたどしかった旋律は、やがて安定した。素朴な音色を、美咲は呆然《ぼうぜん》として聴いた。

よく知っている曲だった。美咲自身が、何度となく歌った。悠人のために。めったに泣いたりぐずったりしない赤ん坊だった悠人だが、寝つきだけはあまりよくなかった。世界で起きているはずの楽しいことをどうしても見逃すまいと心に決めているかのように、つぶらな瞳をぱっちりと見開いて、いつまでも眠ろうとしなかった。まだ耳のことを知る前、息子を眠りに誘おうと、美咲は繰り返し歌った。あるときは腕に抱き、揺すってあやしながら。あるときはベッドに寝かせて、ぽんぽんと優しくおなかをたたいてやりながら。

わたしの声は、この子に届いていた。

美咲の目の前で青い箱がにじんだ。ゆるやかに動いている、悠人のぷっくりした手もぼやけた。とっさに紙ナプキンをつかみ、目もとに押しあてる。

オルゴールの音がとぎれた。

薄いナプキンはたちまち湿ってしまい、美咲はポケットからハンカチを出した。何度も目を拭《ぬぐ》っている間、悠人がぎこちなく背中をなでてくれた。あたたかい手のひらの感触が、心地いい。

この子はわたしが考える以上に、いろんなことを学んでいるのだ。誰から教えられたわけでもないだろうに、涙を流している人間がいれば、背中をさすって慰めようとする。

わたしが悠人のそばについている、と思っていた。なにがなんでもこの子を守る、と思っていた。でもこれでは逆だ。悠人がわたしのそばについていて、わたしを守ってくれている。なんだか妙におかしくなってきて、美咲は泣きながら小さく笑った。

「ごめんね」

泣いてはいけない。悲しいわけではなくうれしいから泣いているのだと、悠人に伝えるのは難しい。

難しいけれど、それでも伝えたい。

「ありがとう」

深刻なおももちで美咲の目をのぞきこんでいた悠人が、表情を和らげた。

美咲の耳の中に、そして心の中にも、安らかな子守唄が響きわたる。やわらかい音色に包まれて、いつしか涙はとまっていた。

はなうた

そのまるい平皿は、朝もやのような乳白色がかった半透明の、なめらかな厚手のガラスでできていた。直径三十センチほどで、片手で持つには若干つらいほどの重みがある。縁に金色で蔦《つた》の模様がぐるりとあしらわれ、よく見ると葉陰《はかげ》に小鳥が二羽ひっそりと羽を休めているので、鳥のお皿、と梨香《りか》は呼んでいた。

「お待たせいたしました」

似たような皿が飾られた陳列棚を眺めるともなく眺めていた順平《じゅんぺい》は、背後から声をかけられて振り向いた。

「申し訳ございません。ご希望の商品は、あいにく廃版になってしまっておりまして」

中年の女性店員は、取り返しのつかない失敗を犯してしまったかのように、深々と頭を下げた。勢いにつられ、なんとなく順平も謝ってしまう。

「そうですか、すみません」

特にあれを探していたわけではない。熱心に話しかけられて、二年前のことを思い出し、ためしに聞いてみただけだった。

「同じシリーズの大皿で、少し違うデザインでしたら、在庫もいくつかございますが。よかったらカタログをお持ちいたしましょうか」

順平に断る隙を与えず、店員はまくしたてた。赤く塗りたくられた唇が、てらてらと光っている。

「では、少々お待ち下さい」

再び置き去りにされた順平の横を、何組もの客が通り過ぎていく。盆休みのせいか、店内には家族連れが多い。若い男女や老夫婦もいる。こわれものを扱う店だというのに、小さな子どもたちが奇声を上げて走り回っている。

あの皿が割れてしまったとき、梨香は怒らなかった。しかたないよ、かたちのあるものは必ずこわれるんだよ、と神妙な顔で言っていた。

かたちのあるものは必ずこわれる。ここのところずっと、あの言葉が順平の頭にこびりついて離れない。

しつこい店員をなんとか振りきって、店を出た。

運河のほとりをでたらめに歩く。空に灰色の雲が広がっているせいもあってか、東京よりはずいぶん涼しいけれど、水辺はやや蒸す。石畳の小路沿いにも、運河を挟んだ向こう岸にも、古めかしい洋風の建物が並んでいる。シャッターが閉まって廃屋のように見えるものもあれば、中を改装して営業しているのか、あかりがもれている店もある。ちらほらとすれ違う観光客らしき人々は、運河にかかった橋の上で写真を撮ったり、連れとガイドブックをのぞきこんでなにやら相談していたり、誰もかれもが楽しそうだ。

分かれ道にさしかかるたび、人通りの少ないほうを選んでいくうちに、周りから人影が消えた。橋のたもとで立ちどまり、運河をのぞいてみる。暗い水面に陰気くさい仏頂面が映りこみ、ゆらりゆらりと頼りなく揺れている。

目をそらし、あらためて左右を見回した。はじめて見るような気もするし、記憶にひっかかるものがあるような気もする。

「順ちゃんって、なんで店の名前とか道順とか覚えないの？」

梨香と外出すると、よくあきれられた。雑誌で見かけて行ってみようと話していたカフェの名も、また来ようと意気投合したレコード屋の場所も、順平にはまるで答えられないからだ。

「ほんと、やる気ないよね」

「だって必要ないから」

どのみち梨香が覚えている。もしくは、その場でてきぱきと調べてくれる。

「出た、順ちゃんの得意技、他人任せ。それ、なんとかしなよ。まじめな話」

四つ年上のせいか、梨香はしばしば順平を諭すような物言いをする。その調子でなんでもかんでもさっさと決めてしまうから、順平の出番がなくなるのだともいえる。もちろん、そんなことを本人には言えないが。

「わたしが一緒ならいいけど、ひとりのときに困るでしょ」

「大丈夫。ひとりのときは、ちゃんとしてるから」

その場しのぎのでたらめではなかった。大学時代はともかく、会社に入ってからは、ちゃんとしている。少なくともそのように心がけている。上司や同僚からも、ひとりではなにもできないなどと糾弾されたことはない。むしろ、年齢のわりにしっかりしているとよくほめられる。

「やればできるんだよ、おれも」

梨香は疑わしそうに肩をすくめていた。

けれど、ひょっとしたら、心の中では納得していたのかもしれない。だって、矛盾している。ひとりになったら困るでしょ、と訳知り顔で言っておきながら、こうして順平をひとりにするなんて。

来月実家に帰る、と梨香が切り出したのは、ひと月ほど前のことだった。

土曜日で、ふたりとも仕事は休みだった。家で夕食をすませ、順平はテレビの前に寝転んでサッカーの中継を観ていた。

「お盆休みに？」

半分画面に気をとられたまま、たずねた。珍しいな、とちらりと思いもした。ふたりで暮らしはじめて以来、梨香が帰省することはめったになかった。せいぜい元日のたった一日、それも日帰りだった。

梨香は故郷をきらっていた。山と海と田んぼしかない、とんでもない田舎で、町民全員が知りあいなのだという。生まれてこのかた東京近郊から離れた経験のない順平には、うまく想像できない環境だ。順平は梨香の実家を訪ねたことも、両親に会ったこともない。同居をはじめるときに挨拶《あいさつ》くらいはすべきかとも考えたが、めんどくさいことになるよ、と言われてやめた。なにも結婚するわけじゃないんだし、と。あのときは梨香本人も、「めんどくさいこと」を避けたがっているような口ぶりだったはずだ。

「うん。とりあえずは」

「とりあえずは？」

その意味が順平の頭にしみこむまでに、数秒かかった。

上体を起こし、腰をひねって振り向いた。梨香は座卓の向こうで、幼い子どもみたいに膝を抱えていた。

「それ、どういうこと？」

どちらかのチームが得点を逃したらしく、背後でおおげさな落胆の声が上がった。

「だから、そういうこと」

今頃、梨香はどうしているだろう。

見合いはもう終わったのか、まだなのか。そもそも相手はひとりだけなのか、それともいくつか話があるのか。詳しいことは聞かなかったから、わからない。

あれからひと月の間、順平なりにできる限りの努力はした。まずは、けんかしたときにはいつもそうするように、謝った。が、梨香の反応はいつもとは違った。わかればよろしい、と冗談めかして和解に応じるでもなく、適当に謝らないでよ、とますます激昂《げっこう》するでもなく、困ったように黙りこんでいた。

さらに反省の色を示すべく、順平は梨香の作った夕食をほめ、食後に率先して皿を洗い、当番でもない日に掃除機をかけもした。ありがとう、助かる、と梨香はいちいち律儀に礼を言った。やはり、ふだんのけんかとは様子が違った。ふだんどおりの対応ではらちが明きそうにないと、順平もようやく悟った。

それで柄にもなく、旅行の計画まで立てたのである。

行き先をこの街に決めたのは、はじめてふたりで旅した場所だったからだ。そのときにはいたく気に入って、また来ようとしきりに言いあったのに、機会がないまま流れていた。正直にいえば、こんなことになるまでは、順平はほとんど忘れかけていた。なんとか梨香の気を変えさせられないものかと必死に考えてみて、楽しかった旅の思い出がふっとよみがえったのは、しかしなにかの啓示のような気がした。

「盆休み、もう一度あそこへ行こうよ」

賭《か》けるような気持ちで、順平は誘った。

「飛行機とか宿とか、準備はおれが全部やる。梨香さんはついてきてくれればいいから」

「考えとく」

と答えてもらえて、ほっとした。万事において率直な梨香のことだから、来る気がなければすぐにでも断るはずだ。

土壇場になって、ごめん、と申し訳なさそうに謝られるなんて、思ってもみなかった。

「やっぱり行けない。飛行機のキャンセルは自分でする。お金もはらう」

うつむいている梨香を、順平はぽかんとして見つめた。言いたいことは、いろいろあった。どうして。もう一度考え直してよ。行けない、じゃなくて、行かない、なんじゃないの？ていうか、なんでいきなり見合いなんだよ？

ところが、実際に順平の口からこぼれ出たのは、

「あ、そう」

という間の抜けた声だけだった。

そのようにして、順平はあっけなく賭けに負けた。いっそ自分の飛行機とホテルもキャンセルしてしまおうかとも考えたが、苦心して捻出《ねんしゅつ》した五連休を梨香のいないアパートで孤独に過ごすなんて、想像しただけでもうんざりだった。猛暑の東京を離れて涼しい北の街まで足を延ばせば、いくらか気もまぎれるのではないかとも思った。

でも違った。旅に出れば自然に気がまぎれるわけではないのだ。どこにいたって、結局同じことが心を占めている。

運河をはずれて角を曲がったところで、一軒の店が目にとまった。ショーウィンドウをしばらく眺めてから、順平は吸い寄せられるようにドアを押した。からん、と乾いたベルの音が響いた。

店内には誰もいなかった。客も、店員すらも。天井の電灯もついていない。もしかして休みなのか。いや、休みなら入口に鍵がかかっているだろう。

ショーウィンドウからさしこんでくる光をたよりに、壁をほぼ覆っている背の高い棚へと、おそるおそる近づいてみる。さまざまな大きさの、透明な箱におさめられたオルゴールが、整然と並んでいた。

「いらっしゃいませ」

だしぬけに声がして、順平は棚に伸ばしかけていた手をひっこめた。

店の奥に置かれたテーブルの傍らに、黒いエプロンをつけた男が立っていた。その後ろにあるドアから出てきたようだ。食器店の執拗《しつよう》な売りこみを思い起こし、とっさに身がまえる。

「ごゆっくりどうぞ」

順平の予想に反し、彼はそっけなく言っただけで、近づいてはこなかった。あまりやる気がなさそうだ。ひょろりとやせて背ばかり高く、影が薄いというのか、古びた店に溶けこんでいるというのか、遠目には人間というより店内の置きもののように見えなくもない。

順平はひとまず肩から力を抜いて、棚の上に視線をすべらせた。箱の側面に貼られた小さなラベルに、曲名や歌手の名が細かい字で印刷されている。昭和の歌謡曲も、ハリウッド映画の主題歌も、アイドルの流行歌もある。童謡に演歌、ビートルズに美空ひばり、ショパンもアニメソングもそろっている。

梨香の鼻歌のようだ、とふと思う。梨香は音楽を愛している。種類はなんでもいい。脈絡も規則性もなく、その時々に頭に浮かんだメロディーを、とりとめもなくハミングする。

ふたりが出会ったのも、音楽がきっかけだった。

大学四年生の夏休み、順平は北陸の野外音楽祭に足を運んだ。親しかった同級生が無類の洋楽好きで、彼に誘われるままについていったのだ。就職先の内々定が出たばかりで、時間も余っていた。

スキー場を利用した広大な会場には、複数のステージが設けられ、海外からやってくる有名なミュージシャンや日本の人気バンドが何組も出場する。ステージごとにいくつものライブが同時進行で行われるので、友達は聴きたい演奏を網羅するために、綿密な計画を立ててのぞんでいた。順平も最初は彼につきあって、あちこちのステージをあわただしく行き来してみたが、あまりの混雑と暑さに途中で音《ね》を上げた。

夕方に合流する約束でいったん彼と別れてからは、目玉とされる大型のステージではなく、場内に点在している簡易ステージのほうをぶらぶらと見て回った。こちらは比較的知名度の低い、駆け出しのバンドが多いようで、観客ものんびりしていた。雲ひとつない空の下、あおあおとした草原で弁当を広げ、ピクニックのようにくつろいでいる家族連れもいた。

ビールでも飲もうかと思いたち、売店のほうへ向かいかけて、順平は足をとめた。せつなげなギターの調べが、風に乗って耳に届いたのだった。

似たようなステージの中で、そこはひときわにぎわっていた。演奏しているのが地元出身の若手インディーズバンドだということも、彼らの新曲がラジオのヒットチャートの上位に入り、メジャーデビュー目前だとファンが盛りあがっていたことも、当時の順平は知らなかった。ただ、素朴なギターに合わせて秘密の話をささやきかけるような女性ボーカルの声にひきとめられて、ステージを囲むひとだかりに加わった。

右足の甲に激痛が走ったのは、次の曲がはじまってすぐだった。

「痛っ」

順平の悲鳴に、前で体を揺らしていた何人かが、迷惑そうに振り向いた。

かなりの巨漢に踏まれたのかと思いきや、犯人は小柄な女だった。よほど力をこめて踏みつけたらしい。彼女は平謝りに謝った。念のためにと連絡先も交換した。梨香という名前はそこで知った。

もしも立場が逆だったなら、なにもはじまらなかっただろう。足を踏まれた梨香は不注意な男をにらみつけこそすれ、連絡先を教えようなどとは考えなかったに違いない。順平は順平で、その場を穏便におさめるのにせいいっぱいで、彼女の愛らしい顔だちに目をとめる余裕もなかったはずだ。

　東京に帰って数日後、足のぐあいはいかがですか、とメッセージが届いてからは、とんとん拍子に事が運んだ。

　ひと月ほどでつきあいはじめ、その半年後に順平が就職した。勤め先となった自動車メーカーの営業所は、梨香が保育士として働く保育園と奇《く》しくも同じ町にあり、週に一、二度は仕事帰りに誘いあわせて会った。そして翌年、実家から都心まで片道一時間半の通勤に疲れ果てた順平が引っ越しを考え出した矢先に、梨香とアパートをルームシェアしていた女友達の結婚が決まった。うちに来れば、と梨香は気安く持ちかけた。ありがとう、と順平も気安く受けた。

　出会って四年、一緒に住みはじめてからは二年半、すべてがうまくいっていた。いっていたはずだった。

　それなのに。

「そちらに並べてあるものは、ほんの一部ですから」

　声をかけられて、順平は飛びあがった。いつのまにか、さっきの店員が横に立っていた。

「オーダーメイドも可能です。お客様ひとりひとりのご希望どおりに作らせていただきます」

知らず知らずのうちにあのバンドの名を探していたことに、順平は気づく。四年前にたったひとつ、ささやかなヒットを出したきり消えてしまった無名のインディーズバンドの曲が、オルゴールになっているはずもないのに。

「どんな曲でも、できますよ」

彼が念を押すようにつけ加えた。順平は逃げるように店を後にした。

あてずっぽうに見当をつけて、元来た方角へと足を向けた。少しずつ道幅が広がり、車と歩行者が増え、ほどなく観光客でにぎわう目抜き通りにぶつかった。

大小の店が軒を連ねている。普通の土産物屋に、街の名産である海産物を扱う専門店、喫茶店やレストランもまじっている。交差点のななめ向かいに洋菓子店の看板を見つけ、順平はふらふらと横断歩道を渡った。

「あったあった、ここここ」

ぽっちゃりとした若い女が、順平を追い越して店へ入っていった。彼女も、手首をひっぱられている連れの男も、順平と同年代のようだ。全開になった自動ドアに誘われるように、順平も店内に足を踏み入れた。

甘く香ばしいにおいが、ふわりと鼻をくすぐった。一階は持ち帰り用の売り場で、生菓子や焼き菓子の陳列されたショーケースがコの字形に並べられ、ピンク色のエプロンをつけた売り子が何人もひかえている。ここで好きなケーキを選び、二階に併設された喫茶室で食べることもできる。

この店には二年前も来た。まさにこのショーケースの前で、梨香と言い争いになった。ささいなきっかけだった。定番商品のスフレチーズケーキにするか、限定販売のマンゴータルトにするか、梨香は延々と迷ったあげく、順平に意見を求めた。

「どっちがいいかな?」

「どっちでもいいんじゃないの?」

待ちくたびれていた順平がおざなりに答えると、梨香は顔をこわばらせた。これはまずいと察し、順平はつけ加えた。

「選べないなら、両方食べれば?」

「もったいないじゃない」

梨香の表情がいっそう険しくなった。梨香のためを思ってすすめているのに、どうして怒られるのか、順平にはさっぱりわけがわからなかった。

「順ちゃんはいつも、まじめに考えてくれないよね」

結局、そのまま店を出た。ケーキは食べずじまいだった。

思い返せば、二年前の旅も楽しいことばかりではなかった。ケーキに限らず、梨香はなにかにつけてもったいないと言った。運河をめぐる遊覧船にも、歴史ある街並みを案内してくれる人力車にも、見向きもしない。夕食は奮発しようと持ちかけても、寿司屋より居酒屋に行きたがる。さっきチェックインしてきた、運河に面したれんが造りの老舗《しにせ》ホテルも、梨香なら選ばなかっただろう。

順平もぜいたくがしたかったわけではない。別に人力車なんか乗りたくもない。でも、せっかくはるばる来たのだから、なにか少しくらいは特別なことをしてみたかった。しかし梨香によると、倹約するのはけちなのではなく、真剣に考えている証拠なのだそうだ。受け流したらまたむくれられる予感がして、なにを、と順平は一応たずねてみた。将来、と梨香は真顔で即答した。

「どれにする？」

ショーケースをのぞきこんだ先客の男女は、額を寄せあって相談している。

「あたしはチーズケーキか、ブルーベリータルトかな」

「両方食べれば？」

「ふたつじゃ多すぎるよ。もったいない」

順平は後ろで思わず耳をそばだてた。

「せっかく来たんだから、いいんじゃないの」

「だめだよ。どっちかひとつ選ばないと、ケーキにも悪いって」

「ケーキに悪いって、なんだそれ」

男がふきだし、女はぷいとそっぽを向いた。がんばれ、と順平は彼に無言で声援を送る。

「わかった、わかった」

男が女の肩を抱いた。

「じゃあチーズケーキにしなよ。おれはブルーベリータルトにする。半分こしよう」

「うれしい。ありがとう！」

はずんだ足どりで階段を上っていく彼らを見送っていたら、なにもかもがばかばかしくなってきた。順平はケースに歩み寄り、チーズケーキとブルーベリータルトをひとつずつ注文した。

ゆっくりと運河を進む遊覧船の甲板は、みごとなまでに男女のふたり客ばかりで埋めつくされている。

中央にいくつかベンチも置いてあるが、ほぼ全員が甲板の周囲にめぐらされた手すりのそばに立ち、ゆるやかに流れていく景色を見物している。順平の右隣には、中学生くらいだろうか、あどけない顔つきの少年と少女がぎこちなく手をつなぎ、まじめくさった表情で正面を見据えている。左のほうでは、二十代と思《おぼ》しき男女が、風景はそっちのけで仲睦まじく語りあっている。その向こうには、兄妹にも見えるほどそっくりな中年の夫婦が、そろいの望遠カメラで写真を撮りまくっている。船尾の近くにいる白髪の老夫婦は、枯れ木さながらにやせ細った腕を組み、おのおの空いたほうの手で手すりにしがみついている。若い恋人たちに負けず劣らずぴったりとくっついているのは、愛情のしるしというよりは、足もとの安全を確保するためだろう。いや、互いの安全を慮《おもんぱか》っていることこそが、愛情なのかもしれない。

ここにいる、老若とりまぜた男女はみんな、真剣に将来を考えているのだろうか。あるいは、かつて考えていたのだろうか。対になった雛《ひな》人形よろしく、めいめいの選んだ女と寄り添っている男たちに、どうなんですか、とたずね回ってみたい。

将来という言葉を梨香が頻繁に口にするようになったのは、ここ一年ほどのことである。折にふれて、二十代最後の、という不穏な枕詞《まくらことば》を添えるようになった時期と、重なっている。梨香は年下の恋人がいかにも気楽で頼りないように嘆くけれど、順平はその日暮らしをしているわけでも、養ってもらっているわけでもない。正社員としてきちんと働き、家賃と生活費は梨香と折半にしてはらい、わずかながら貯金もしている。残業代やボーナスが出れば、外食して梨香の分までおごることだって多い。近頃の若い男は女々しいとか生活力がないとか揶揄《やゆ》されがちな昨今、標準かそれ以上に、まっとうにやっていると思う。

「おれ、まだ二十五だし」

一度、言い返したことがある。この年齢で将来について神経をとがらせているほうが、むしろ異常だ。

「もうすぐ二十六でしょ。四捨五入したら三十じゃない」

梨香は不服そうに反論した。

「なんで四捨五入するんだよ？」

「便利でしょ？　わたしたち当分は同い年だよ」

そう言った時点では、目はまだ笑っていた。

「おっないどし、おっないどし」

変な節をつけて繰り返しもした。なんでも歌にしてしまうのは梨香の癖だ。年上然としてふるまう一方で、そういう子どもじみたところもあるのがかわいい。

それで気持ちが和んで、順平も調子に乗ってしまった。年齢に関する話題は早めに切りあげるのが鉄則なのに、ついつけ足した。

「二十六と三十じゃ全然違うって」

「そんなことわかってるよ」

梨香の表情がたちまち曇り、順平はあせった。

「おれは気にしてないよ。梨香さん、もともと若く見えるし、肌だってきれいだし」

慰めようとしたわけではなく、本心だった。順平は梨香の年齢などちっとも気にしていない。

先月、梨香は三十歳になった。なったとたんに、ふっつりとなにも言わなくなった。とりあえず落ち着いたかと能天気にかまえていた順平は、梨香の言うとおり、やはり気楽すぎるのだろうか。

「見て、かもめ」

左隣の女がななめ上を指さしている。順平も顔上をあおいだ。はちきれそうに肥《ふと》った真っ白なかもめが二羽、すいすいと優雅に飛んでいく。

考えるのはもうやめよう、と思う。これは梨香の問題なのだ。すべては梨香しだいだ。こんなところでいじいじと思い悩んでも、どうしようもない。できる限りのことはした。あとはおとなしく梨香の出かたを待つほかない。

「ねえ見て」

今度は右の中学生が、ポニーテールを揺らして連れにささやきかけている。またかもめか。ふっくらした指先の示す方向になにげなく目をやって、順平は息をのんだ。

運河のつきあたりに横たわる港の、上空にたれこめた灰色の雲が、一カ所だけとぎれていた。その隙間から海へと、白い陽光がまっすぐにさしている。

やっぱり梨香も来ればよかったのに。この神々《こうごう》しいほどに澄みきった光の帯を、一緒に見られたのに。またもや未練がましく考えてしまい、順平は頭を振る。もうやめよう。再度、そして先ほどよりも強く自分に言い聞かせ、ひと筋の光に目をこらす。おれは、ひとりでも、大丈夫だ。

おれだって、やればできる。現に、職場では一人前の社会人としてつつがなく働いている。しっかり者の梨香とふたりでいるときだけは、なんでも先回りしてやってもらえるせいで、結果的に任せてしまっているだけだ。

この際、ひとりの時間を満喫しよう。チーズケーキとタルトはどちらもうまかった。ホテルの部屋は最上階だった。夜になれば幻想的な運河の夜景が一望できるという。なんなら明日、あのガラス食器の店で土産も買おう。楽しもう。存分に楽しんで、行けばよかったと梨香を後悔させてやろう。もしかしたら、すでにうすうす後悔しているかもしれない。梨香はついこの間まで、たびたび電話をかけてくる母親に向かって、見合いなんか絶対しないといまいましげに啖呵《たんか》を切っていたのだから。

なんだか元気が出てきた。市内の寿司屋を携帯電話で検索してみる。液晶にずらずらと表示された、色鮮やかな握り寿司の写真を見ているうちに、口の中にじんわりと唾がわいてきた。


その二時間後、薄闇に沈みかけている路地の奥、ぴたりと閉ざされた引き戸の前で、順平は逡巡《しゅんじゅん》していた。

店名の入った紺色ののれんがかかり、すりガラス越しにほのかなあかりももれてくるから、営業中なのは間違いないが、中が見えないので入りづらい。回らない寿司屋にひとりで入るなんてはじめてで、なおさら心細い。高級店や観光客向けの大型店は避け、ホテルに近い一軒にねらいを定めた。古くから地元で愛されてきたこぢんまりとした名店、というネット上の評判にふさわしく、年季の入った外観である。

息を吸い、戸に手をかける。ここでひきさがるわけにはいかない。自立したおとなの男らしく、カウンターでかっこよく飲もうと決めたのだ。店主や、隣りあわせた他の客と、話がはずむかもしれない。テレビの旅番組でそんな場面を見たことがある。行きずりの旅人がその土地ならではの酒と肴《さかな》に舌鼓を打ち、居あわせた常連客から地元の話なんかも聞いて、一夜の縁を楽しんでいた。

からからと軽快な音を立てて、引き戸は存外なめらかに開いた。

間口から想像していたより中は広かった。向かって右手にカウンターが七席、左に畳の座敷がある。沓脱《くつぬぎ》のひらたい石に、革靴やら女もののサンダルやら子ども用の運動靴やら、雑多なはきものが何足かそろえられている。

にぎやかな声がもれてくる座敷とは対照的に、カウンターに誰も座っていないのは予想外だった。失敗しただろうかと一瞬腰がひけたけれども、もはや後戻りはできなかった。ネタの並んだガラスケース越しに、白い上衣を着た店主から挨拶されたのだ。

「いらっしゃいませ。お好きな席にどうぞ」

言葉遣いは丁寧だが、にこりともしない。年齢は順平の父親より少し上、六十前後といったところだろうか。日焼けした肌に深いしわが刻まれ、見るからに寡黙でがんこな昔気質《むかしかたぎ》の職人という風体《ふうてい》である。

順平はこわごわ数歩進み、さりげなく座敷をのぞいた。三つ置かれたテーブルのうち、ふたつが埋まっている。どちらも家族連れで、皿はあらかた空いていた。

やけに盛りあがっているように聞こえていたのは、彼らの会話ではなかった。大きな笑い声や話し声の主は、背の高い棚のてっぺんに据えられているテレビだった。おとなも子どもも、放心したようにぺたりと畳に座りこみ、クイズ番組に見入っている。

順平はカウンターに向き直った。どの席に腰を下ろすべきかはかりかね、立っている位置から最も近い、中央の椅子をひく。店主の妻だろうか、白い割烹着《かっぽうぎ》を身につけた初老の女性がおしぼりを運んできた。

「どうぞ」

にこやかな会釈としっかり冷えたおしぼりで、人心地がついた。奥へ下がろうとするところを呼びとめ、ビールを頼む。

すぐに運ばれてきた中瓶《ちゅうびん》から手酌でビールを注ぎ、順平は店主をうかがった。腕組みをして眉間《みけん》にしわを寄せ、客の視線を避けるかのように、ひたと宙を見据えている。ものすごく話しかけづらい。

順平がコップ一杯のビールを飲み終えても、彼の体勢は変わらなかった。

「あのう」

おっかなびっくり、声をかけてみた。店主がぴくりと肩を震わせて順平を見下ろした。

「はい」

「握りをお願いできますか」

「お任せでよろしいですか？」

彼は無表情に言った。

「はい」

うなずいたそばから、失敗しただろうか、と順平はまた思った。お任せという言葉を聞いて、他人任せをきらう梨香の顔が浮かんでしまったのだった。

胸の中で、苦笑する。梨香はここにはいないのに、びくびくする必要はない。それに、この「お任せ」は無責任な丸投げではなく、いわばコース名のようなものだ。おすすめの品を、頃合をみはからって順に出してくれるわけだから、初心者でも安心して食べられる。そのくらいは順平も知っている。ひとりでなければ、寿司屋に入ること自体ははじめてではない。両親に連れていってもらったことも、会社の接待で使ったこともある。

小ぶりの握りは、どれもうまかった。ウニは舌の上でまろやかにとろけ、イカはねっとりと濃厚な後味を残し、真っ赤なイクラはぷちぷちとはじけた。空いているおかげで、出てくる間合も申し分ない。一貫を食べ終えるやいなや、すかさず次が供される。

ただ、店がいささか静かすぎた。

家族連れが順に会計をすませて出ていったときだけは、ありがとうございました、と店主も威勢のいい声を張りあげたものの、その後は終始無言だった。黙々と握られた寿司を、順平も黙々と食べる。無人になった座敷から流れてくる、つけっぱなしのテレビの音だけが、沈黙を埋めている。店に入る前に夢想していた、旅先ならではの心あたたまる交流が繰り広げられそうな気配は、みじんもない。

あっというまに十数貫を食べ終えてしまった。最後の玉子焼きを口に放りこむと、急に腹がふくれた。瓶の半分近く残っているビールを、ちびちびとすする。てきぱきと手もとを片づけた店主は、再び宙をにらんでいる。

失敗ではない、と順平は思う。そんなにがっかりすることはない。目的はあくまで寿司だ。おいしい握りを腹いっぱい食べられて、満足すべきだろう。社交的な職人もいれば、内気な職人もいる。無愛想でも腕が確かだったのだから、十分だ。早く出ていけと暗に急かされているように感じるのは、自意識過剰にすぎない。たぶん。

「うっ」

唐突なうめき声にびっくりして、順平は顔を上げた。店主が横目でこちらを見やり、ばつが悪そうな苦笑いを浮かべた。

体をひねって背後を確認し、順平は遅まきながら合点した。彼は虚空を見つめて瞑想《めいそう》にふけっていたわけでも、順平を無視していたわけでもなく、テレビに気をとられていただけだったらしい。先ほどのクイズ番組にかわり、プロ野球のニュースが報じられている。地元の球団が今晩の試合で惨敗してしまったようだ。

なんだか全身から力が抜けた。店主と目を合わせ、順平も小さく笑ってしまう。

店主が照れくさそうに頭を下げて、そそくさと奥へひっこんだ。よほど決まり悪かったのだろう。そろそろ会計をしようと決め、順平はビールを飲み干した。

数分で、店主は戻ってきた。

「あの、もしよかったら、これ」

カウンター越しに差し出された椀《わん》を、順平は両手で受けとった。赤だしの味噌汁だった。ふうふうと息を吹きかけて、ひと口含んだ。魚の風味が濃く、かなり熱い。腹の底がじわじわとあたたまっていく。


外は雨が降っていた。順平は後ろ手に引き戸を閉め、ひさしの下からぼんやりと空を見上げた。思いのほか激しく降っている。東京も雨だろうか。そして、梨香のいる小さな町も。

やだ順ちゃん、傘《かさ》持ってこなかったの？

耳もとで梨香の声が響く。夜から降るって、天気予報でやってたじゃない。折りたたみ傘持っていきなよって言ったのに。しょうがないなあ、入れたげる。ちょっとこれ持ってくれる？　ねえ、肩濡《ぬ》れてない？　大丈夫？

大丈夫じゃねえよ。

じっとりと黒く光っている地面に、座りこんでしまいたい。駄々っ子のように、足をばたつかせて叫びたい。ひとりじゃうまくいかない。なんにもうまくいかない。だからそばにいてほしいのに。

本当は順平にもわかっている。梨香は本気だ。地元での見合いの話を受けたのは、いいかげんな思いつきでも、むろん順平へのあてつけでもなくて、覚悟を決めたからだ。一度決めたからには、途中で投げ出すような性格ではない。いずれ、そう遠くはない未来に、梨香は東京を出ていく。順平を置いて。

荷物をまとめるのに時間はかからないだろう。梨香の住まいにはじめて招かれたとき、あまりにも殺風景で順平は驚いた。ものに執着しない女なのだ。誕生日にもクリスマスにも、特にプレゼントはいらないと言う。旅先でも、他人の土産は買っても自分には買わない。順平自身も物欲は強くないほうなので、異存はなかった。あれがほしいこれがほしいと事あるごとにねだられるよりも、よっぽどいい。

そうして順平は、梨香が本当にほしがっているものがなんなのか、深く考えようとしなかった。考えるのを、怠った。

音楽さえ――機嫌のいいときには、順ちゃんと音楽さえ――あれば満足だと梨香はよく言っていた。持ちものが増えるのはうっとうしい、不自由な感じがするし動きも鈍くなる、とも。順平は内心ぴんとこなかった。なにも家財道具一式を背負って出かけるわけでもあるまいし、動きってなんだ？

けれど今まさに、梨香は身軽に動き出そうとしている。

この街で買った、鳥の模様が入った大皿は、数少ない例外だったのだ。でもあれも割れてしまった。もちろん自然に割れたわけではない、順平が割ったのである。戸棚にしまおうとして手をすべらせ、あっと声を出すより先に、ガラスの砕け散る鋭い音が響きわたった。さぞ怒られるだろうと観念したのに、しかたないよ、とどこかあきらめたように言われ、拍子抜けした。かたちのあるものは必ずこわれるんだよ。

順平には、もう梨香をとめられない。観念して見送るしかない。せめて梨香の前途を祝い、幸福を祈るほかない。ひとりぼっちで。

ひとりのときに困るでしょ、となにかにつけて順平をたしなめながら、梨香もとっくに気づいていたに違いない。順平も、やる気さえあれば自分でできる。できないのではなく、できるのにやろうとしないだけだ。なにをしたらいいのか考えようとすらしない、恋人の怠惰と甘えに、梨香はとうとう愛想をつかしたのだ。

背後で、戸の開く音がした。

「あれ？」

順平の肩にぶつかりそうになった店主が、面食らったようにまばたきした。

「すみません、雨で」

「ああ、けっこう降ってますね」

もそもそとつぶやき、のれんをはずして中に入れている。もう閉店の時間らしい。

いつまでもここでぼうっとしているわけにもいかない。順平が外へ足を踏み出そうとしたそのとき、背中をたたかれた。

「これ、使って下さい」

手渡されたビニール傘は、柄にところどころさびが浮いていた。

天気のせいか、大通りに出ても人影はまばらだった。雨ににじんだ飲食店の電飾がうらさびしい。ホテルの方角に向けて十字路を曲がると、道幅がぐっと狭まった。建ち並ぶ民家の窓から白や黄色のあかりがこぼれ、どこからか煮物のにおいが漂ってくる。

東京のアパートの室内が、不意に順平の頭に浮かんだ。

あの鳥の皿のほかにも、なにかないか。ふたりで買ったもの、食材やシャンプーやトイレットペーパーではなくて、記念に残るようなものはないか。懸命に記憶をたぐり寄せ、それでもなにひとつ思いあたらないことに、順平はぎょっとする。ともに過ごした四年間が、このまま跡形もなく消えてしまいそうな気すらしてくる。

梨香になにか買って帰ろう。なんでもいい、かたちのあるものを。確固とした手ざわりを備えたものを。

なににしよう。くるくると傘を回し、ビニール越しにはじける無数の雨粒を見上げて思案する。似たようなガラス皿は――安易すぎるか。以前に食べそこねたチーズケーキは――だめだ、ちゃんと残るものじゃないと。かたちのあるものは必ずこわれる運命なのだとしても、なるべく丈夫そうな品を選びたい。アクセサリーや置きものは――できるだけかさばらない、軽くて小さなものならいいかもしれない。

どうしたの、と梨香はいぶかしがるだろうか。なんと答えよう？　梨香の前途を祝って？　それとも、幸福を祈って？

びょう、と音を立てて突風が吹きつけてきた。傘をさらわれそうになって、柄をきつく握りしめる。

冗談じゃない。

判断をまるごと梨香に任せ、聞きわけよく見送るなんて、できない。絶対にできない。これは梨香だけの問題じゃない、おれたちふたりの問題だ。

赤信号で、立ちどまる。考えこんでいるうちにホテルの前まで来ていた。横断歩道を渡った先に、立派な玄関がひかえている。車は一台も通らない。静かなせいか、雨音がひどく大きく聞こえる。

ぴちぴち、ちゃぷちゃぷ、らんらんらん。

雨だれに合わせて、梨香はいつも歌う。働いている保育園で、雨の日には決まって園児に歌ってやるので、条件反射で声が出てしまうらしい。

そうだ、音楽はどうだろう?

昼間に立ち寄ったオルゴール店を、順平は思い出していた。既製品だけでなく、好きな曲でも作れると店員は言っていたはずだ。

「できますよ」

自信たっぷりな声音が、耳によみがえる。できるのか、と胸の中で問い返す。無名のバンドの、しかも昔の歌でも、できるのか。偶然めぐりあったふたりを優しく包んでくれた音楽を、小さな箱に閉じこめて贈ったら、将来というやつを動かすこともできるだろうか。

もし、梨香が少しでもオルゴールを喜んでくれたなら、やり直せないかと一度だけ聞いてみよう。

なつかしい旋律を、口ずさんでみる。何年も思い返すことのなかった歌詞が、びっくりするくらい自然に、すらすらと出てきた。低い声で歌いながら、順平はやわらかい雨の中を歩き出す。

おそろい

ブルーベリージャムはおいしそうだけれど、食べてしまったら残らない。七色の毛糸で編まれたニット帽はかわいいけれど、地元のショッピングモールでも同じようなのを売っている。かといって、街の名前が入ったマグカップだのキーホルダーだのにもそそられない。

歩美《あゆみ》が店内を一周し、入口のそばまで戻ってきたところで、萌《もえ》ちゃんが声をかけてきた。

「これはどう？　北国っぽいし、よくない？」

キツネのぬいぐるみを抱いて、ふさふさしたしっぽをぱたぱたと動かしてみせる。壁際の棚を見上げていた水原《みずはら》も、こちらを振り向いた。

「ぬいぐるみかあ、ちょっとかわいすぎない？　それより、あれは？」

上のほうに飾られている、華奢なグラスを指さす。

「あんまり使う機会がなさそうかも」

歩美は遠慮がちに答えた。萌ちゃんがため息をつき、キツネの頭をちょいちょいとなでた。

「意外に見つかんないねえ」

今朝、旅の記念になにかおそろいのものを買おうと水原が言い出したときには、歩美と萌ちゃんもすぐに賛成した。が、実際に選ぼうとしたらなかなか決まらない。

全員の好みに合わせるというところからして、まず難しい。たとえば服装だけ見ても、三人の雰囲気はばらばらだ。歩美は赤いスプリングコートにくるぶし丈のジーンズを合わせ、くすんだ金色のバレエシューズをはいている。すらりと背が高く、男の子のような短髪の水原は、ゆったりしたカーキ色のジャケットと黒いスリムパンツに、ごついワークブーツが似合っている。水原より二十センチ近く背の低い萌ちゃんは、ピンクの小花柄のワンピースの上に、膝下まであるふわふわした白いニットのカーディガンをはおっている。

それでも友達どうし、まったく趣味が合わないというわけでもないはずなのに、どうもこれぞというものがない。記念、という言葉の重みに、ひっぱられているふしもあるだろうか。そもそもこの旅行そのものも、いわば記念として計画されている。記念の旅の記念にふさわしい品となると、つい考えてしまう。

「よし、次行こう次」

せっかちな水原はさっさと出口へ向かっていく。歩美は急ぎ足で、萌ちゃんはのんびりと、後を追う。

大通りをはずれて裏道に入ると、観光客も店も急に減った。こぢんまりとした雑貨屋の前で、水原が立ちどまった。

「ここ、よさそうじゃない？」

「入ろうよ」

三人で店内を見て回る。食器や布製品、文房具、ちょっとした置きものなんかが、白木の陳列棚に品よく並べられている。商品も内装も、おしゃれというか洗練されているというか、さっきの土産物屋とは様子が違う。

違うといえば、歩美たちの住む街にもこういう店はない。似たような雑貨屋はいくつか思い浮かぶものの、決定的になにかが違う。どこがどうと具体的には説明できないけれども。

「ねえ、あれは？」

奥の棚に駆け寄った萌ちゃんが、布製のポーチを両手にひとつずつ持って、振り返った。右は渋い紫、左は鮮やかな赤で、どちらも水玉模様が入っている。

「手作りみたいだよ。この近くにある染めもの工房で作ってるって」

萌ちゃんはタグを読んで解説し、歩美に赤、水原に紫のポーチをよこした。遠目に水玉のように見えたのは、細かい動物の柄だった。赤いほうは羊で、紫はきりんだ。

「この柄、かわいい。色もきれい」

「大きめだし使いやすそう。他の色もあるの？」

「うん、あとはピンクと青」

萌ちゃんが棚のほうへ戻り、残りの二色を手にとってかざしてみせた。

「ピンクがうさぎで、青はライオンだ。ちょうどあたしたちにぴったりじゃない？　水原が紫でアユは赤でしょ、ピンクはあたしで、青が……」

言いかけて、しまったという顔で口をつぐむ。

「いいね、色違いで買おうよ」

水原がすばやく、ほがらかに言った。ほがらかすぎる、といえなくもない。

「そんな、いきなり決めちゃわなくても。他も見てみない？」

歩美は気を取り直し、やんわりと口を挟んだ。棚に近づいて、ポーチとよく似た素朴な風合いの、麻の手ぬぐいを広げてみる。

「わたし、お土産も買おうかな」

「いいよね、お土産を待ってくれてる相手がいるひとは」

水原がにやにやして軽くひじをぶつけてくる。先ほどよりは、無理のない笑顔だった。萌ちゃんも調子を合わせる。

「ほんと、アユは幸せ者だよ。あたしも四月からがんばろ」

「萌ちゃんの職場なら、けっこう出会いがあるんじゃない？　若いひとも多そうだし」

萌ちゃんは大学を卒業後、市内のショッピングモールに入っている家電量販店で、販売員として働くことになっている。

「お客さんって手もあるしね。それにひきかえ、わたしは全然」

実家の工務店を手伝う予定の水原が、顔をしかめた。

「そう？　男のひとが多いんじゃないの？」

「男っていったってさ、家族か親戚ばっかだから。ふたりとも、めぼしい物件はじゃんじゃん紹介してよ」

「うちの会社は、若い男のひとはそんなにいないかも」

歩美は、これも市内の企業に、事務職で採用された。大手自動車メーカーの下請けの下請けとして部品を作っている、小さな会社だ。

「ま、アユには新しい出会いは必要ないもんねえ」

うなずいてみせた萌ちゃんを、水原がじろりとにらんだ。

「そういう萌ちゃんだって、お土産買ったほうがいいんじゃないの？」

「え、あたし？　誰に？」

「ほら、ファンの皆様に」

萌ちゃんにはファンが多いのだ。大学祭の公演にも、街のライブハウスでの舞台にも、けっこうな数の男の子たちが集まってきていた。

「あれはみんな友達だって。お土産なんかいいよ、もったいない」

萌ちゃんは悪びれずに言ってのける。水原がぶるんと頭を振った。

「ああもう、たち悪いわ萌ちゃんは」

萌ちゃんはパンクロックをこよなく愛している。愛らしい童顔と華奢な体つきに、ふんわりした舌足らずな喋りかたも相まって、ふだんは歩美や水原なんかよりもよほど女の子らしい印象なのに、ひとたびスティックを握ると豹変《ひょうへん》する。髪を振り乱し、憑《つ》かれたように激しくドラムをたたきまくる、その落差が男心をくすぐるのかもしれない。四人編成のバンドだと、普通は目立つボーカルに人気が集まりがちなのだが、うちは完全に食われちゃってるよね、と瑠歌《るか》もよく冗談まじりにぼやいていたものだ。

萌ちゃんが棚に戻した青いポーチを、歩美は横目で見やる。瑠歌は今頃、どうしているだろう。

歩美たちがバンドを結成したのは、大学に入ってすぐのことだった。

当初、ベースの歩美とギターの水原とドラムの萌ちゃん、それからもうひとり、三人と同じ軽音サークルにいたボーカルの女の子で組んでいた。ところが数カ月も経たないうちに彼女がやめたいと言い出し、後任を探すことになって、歩美が同じ高校出身の瑠歌を推薦したのだ。瑠歌もちょうどその頃、自分の大学の仲間と組んでいたバンドを抜けたばかりだった。抜けたのではなく抜けさせられたのだと歩美たちが知るのは、しばらく後になってからのことである。今となっては、その理由もだいたい見当がつく。瑠歌はこだわりが強すぎるのだ。こと音楽に関しては、一度こうと決めたら頑として譲らない。

それでも四年間、時にはけんかしつつも同じ顔ぶれで続けてこられたのだから、相性は悪くなかったのだと思う。

実際のところ、三年生の中頃までは、なかなかうまくいっていた。四人とも、やりたい音楽はおおむね一致していたし、なにより互いの演奏が好きだった。性格が似ていないのも、かえってよかったのだろう。とかく熱くなりがちな瑠歌が、冷静で現実主義の水原とぶつかっても、歩美が間に入ってなだめたり、萌ちゃんがとぼけた調子で割りこんだりして、いつのまにかおさまっていた。

一年生の間は、いわゆる普通のコピーバンドとして、既存の曲ばかり演奏していた。学祭やなにかの機会で舞台に上がるときには、全員で集まって曲目を相談した。選考会、と四人の間では呼んでいた。

二年生になる直前の春休みにも、サークルが主催する新入生勧誘のミニライブに向けて、いつものように選考会を開いた。

「これ、どうかな？」

決まって自信満々で演奏したい曲を持ちこんでくる瑠歌が、その日に限ってためらいがちに切り出したので、どういう風の吹き回しかと歩美たちはいぶかしんだ。

「誰の曲？」

瑠歌は無言で自分の鼻先にひとさし指をあてた。

さっそく、デモ音源を聴いてみた。五分ほどの曲が最後まで終わっても、誰もなにも言わなかった。水原も萌ちゃんも、呆《ほう》けたような表情で押し黙っていた。たぶん歩美も同じ顔をしていただろう。

「ごめん」

瑠歌がプレイヤーをとめた次の瞬間に、水原が叫んだ。

「なんで謝んの！」

声をうわずらせ、瑠歌の背中をはたいた。

「いいよこれ！」

「うん。すごくいい」

歩美も口を挟んだ。

「大好き」

萌ちゃんが珍しくまじめなおももちで、つけ加えた。

作詞はできないと瑠歌が言うので、見かけによらず文学少女の水原が担当することになった。日頃の皮肉っぽい物言いからは想像もつかない、みずみずしくて情熱的な詞ができあってきて、歩美たちは感心した。曲がいいからだよ、と水原は照れながらも、ほめられてまんざらでもなさそうだった。「乙女の夢」というタイトルも、水原がつけた。

サビの部分が、歩美は特に好きだ。

進め、進め、進めよ乙女、仲間を信じて突っ走れ。進め、進め、進めよ乙女、後ろを振り向くひまはない。なんにも心配なんかない、わたしたちの夢はかなうよ。わたしたちの夢は絶対にかなうよ――勇ましい歌詞が、明るく転調するメロディーと速めのテンポにぴったり合っている。

最後の一節だけが、水原の書いてきた詞から少し変わった。瑠歌が口を出したのだ。わたしたちの夢はきっとかなうよ、というのが、もともとの案だった。

「きっと、ってちょっと弱くない？」

「そうかな？」

水原は腕組みして考えこんだ。

「もっと強気でいこうよ。絶対に、は？　わたしたちの夢は、絶対にかなうよ。どう？」

「語呂が悪くない？」

「そんなことないって。き、いっ、と、のかわりに、ぜっ、たい、に。むしろ歌いやすい」

「きいっと……ぜったいに……きいっと……ぜったいに……」

何度か節をつけてぶつぶつと繰り返した末に、水原はうなずいた。

「うん。絶対に、もいいかもしれない」

瑠歌が満面の笑みを浮かべた。

「あっ、もしかして」

歩美ははっとして言った。

「わたしたちって、わたしたちのこと？」

「今さら？」

瑠歌があきれ顔で答え、

「一応、そのつもりなんだけど」

水原がぼそぼそと後をひきとった。

新曲の評判は上々だった。演奏するたびに誰の歌かと質問され、オリジナルだと答えるのが誇らしかった。期待以上の反響に気をよくした瑠歌は次々に曲を作り、水原がそれらに歌詞をつけた。曲も詞も、ふたりがそれぞれ考えてきた原案に、歩美や萌ちゃんの意見も加えて完成させた。

オリジナル曲が着々と増えていく中で、やはり「乙女の夢」は四人にとって特別だった。やがて学内だけでなく、街のライブハウスで演奏させてもらえるようになってからも、ライブの終わりはもっぱらこの曲でしめくくった。単独公演はさすがに難しいけれど、同じようなアマチュアバンドを集めたイベントや、そこそこ名の通ったバンドの前座として、何度か声もかかった。

およそ一年半、なにもかもうまくいっていた。

昼は、港の魚市場で海鮮丼を食べた。

動物柄のポーチは買わなかった。明日までにもっといいものが見つからなかったらこれにしようと水原は言ったが、そうはならないだろうなと歩美は思う。きっかり四種類あったというのが、おさまりが悪い。

四人がけのテーブルに座っているだけで、余った空席がいやに目につく。大学が違う瑠歌を除いた三人で過ごすのは、特段珍しくもない。一方で、そこで瑠歌の名前が一切出てこないのは、どうしようもなく不自然なのだった。

「次はどこ行こうか」

いちはやくどんぶりを空にした水原が、不安定な合板のテーブルにガイドブックを広げた。航空券の手配もホテルの予約も、旅行の準備はほとんど水原にやってもらった。思い出に残る卒業旅行にしようと心を砕いてくれているのだ。だからせめて、よけいなことは考えないようにしなければ、と歩美はあらためて自分に言い聞かせる。

「その展望台は？」

開いたページの中ほどを指さして、萌ちゃんが言った。

「海が見渡せるって、よくない？」

食事を終えた後、港を背に、山のほうへ向かった。

三月も半ばを過ぎたとはいえ、北国の風はまだ冷たい。遠くに見えるなだらかな山並みにも、ちらほら雪が残っている。寒い寒いと言いかわしつつ、ゆるやかな坂道を上っていくうちに、それでも少しずつ体があたたまってきた。バス通りに沿って民家が並び、その間に点在するスーパーマーケットや個人商店に、地元の人々が出入りしている。真っ赤な頬をした小学生くらいの子どもたちが自転車に乗って、かしましく言葉をかけあいながら走り去っていく。

「のどかだね」

水原が長い両手を頭上に突きあげて、伸びをした。さっきまでと比べて、心なしか表情がほぐれているようだ。歩美自身もそうなのかもしれない。狭い屋内よりも、こうして外を歩いているほうがくつろぐ。一緒にいるのが四人ではなく三人だと、あまり意識せずにすむからだろうか。

歩美は思わず後ろを振り向いた。

「アユ、どしたの？」

「いや、いいところだなと思って」

水原に聞かれ、あわててごまかす。瑠歌が追いかけてきそうな気がした、とは言えない。

「確かに、いいとこだよね。街が大きすぎず、小さすぎず」

「都会すぎないし、田舎すぎないし」

「あんまりがんばってるふうじゃないのに、さりげなくいい感じだよねえ？　さっきの雑貨屋さんとか、近所にほしいよ。やっぱり港町だからおしゃれなのかな？」

「港町って別に関係なくない？」

「あるよ。だって海は世界とつながってるんだよ？」

歩美たちの地元は山に囲まれている。萌ちゃんは高校時代、海へのあこがれが昂じて、夏休みに県外まで出て海の家で住みこみのアルバイトをしていたそうだ。歩美は中学の修学旅行まで一度も海を見たことがなかった。

規模だけでいえば、歩美たちの街のほうが大きい。新幹線も停まるターミナル駅があり、県庁があり、繁華街はまずまずにぎわっている。郊外にかけて広がる住宅地にも、巨大なショッピングモールや量販店がそろっていて、生活には困らない。地元で生まれ育った人間の多くが、地元の学校に通い、地元で就職し結婚し、地元に家をかまえる。

しかし、ありふれた地方都市をきらい、遠くへ行きたいと切望する者もいなくはない。瑠歌のように。

こんなところから早く出ていきたい、めざせ東京進出、メジャーデビュー、と意気ごんでいる瑠歌を、歩美も萌ちゃんも、水原さえも、たしなめも否定もしなかった。

歩美たち三人だって、どうしても地元にとどまりたいわけではない。他に行く場所がないだけだ。瑠歌の言うように、デビューの機会に恵まれたとしたら、なにをおいても上京するに違いない。

もしも、そんな幸運が降りかかってきたとしたら。

四人で一軒家を借りて住もうとか、あの音楽番組には出てみたいとか、一緒になって盛りあがっていても、瑠歌以外の三人にとって、それはあくまでもしもの話だった。水原が数百万円もするギブソン・レスポールのギターをほしがったり、萌ちゃんが十年近く追いかけているパンクバンドのドラマーと結婚すると言い張ったりするのと似た、いいかげんな気持ちではない、ただし実現のめどは到底立たない、罪のないお喋りにすぎなかった。

瑠歌が思い描いている未来と、歩美たち三人のそれには、くっきりと差がある。うすうす察しながらも、歩美は突き詰めて考えるのを避けていた。一年前の、春までは。

その日は、翌月の新入生歓迎公演に向けて、四人で選考会をやることになっていた。歩美は水原と萌ちゃんと一緒に、サークルの部室で瑠歌を待っていた。

「ごめん、お待たせ」

瑠歌がばたばたとやってきたときに三人が話していたのは、演奏したい曲目のことではなかった。

「なにこれ?」

机に広げてあった冊子を見下ろして、瑠歌は眉をひそめた。歩美たちはなんとなく気まずくなって、目をふせた。

ちょうどその直前に、大学の教務課が主催する就職説明会が開かれていたのだった。歩美と萌ちゃんは、実家から通える職場を探すつもりでいた。その時点では家業を継ぐかどうか迷っていた水原も、ひとまず出席していた。

「バンドはどうするの？」

瑠歌が低い声で言った。

「就職してからも続けられるよ」

「もちろん、これまでみたいにはいかないかもしれないけど、仕事の合間に練習すれば」

水原と萌ちゃんが、くちぐちにとりなした。

「仕事の合間？」

さえぎった瑠歌は、怒っているというよりも悲しそうだった。

「四人でがんばろうねって、言ってたのに」

歩美たちはなにも言い返せなかった。


小高い丘を上っていくにつれ、なだらかだった坂道はしだいに険しくなった。最後の力を振りしぼり、急な石段をどうにか上りきったところで、だしぬけに視界が開けた。

「海だ！」

ぜいぜい息をきらしていた萌ちゃんが、にわかに駆け出した。歩美と水原も後を追う。

丘のてっぺんはちょっとした広場になっていた。いくつか置かれているベンチにも、その向こうに見える木製のデッキにも、人影はない。

デッキの端にめぐらされた手すりに沿って、三人並んだ。眼下に街が広がっている。建物の屋根がパッチワークのように連なり、その間をぬって走る道路を、豆粒みたいな車がさかんに行き来している。ちかちか光る網目は運河だ。その先に横たわる海が、ひときわまばゆく輝いている。

「ヤッホー」

萌ちゃんが手すりにもたれ、両手をメガホンのかたちにして叫んだ。青く晴れわたった空を、かもめが悠々と飛んでいく。潮のにおいが鼻をかすめた。

「萌ちゃん、それ、逆じゃないの？」

「そうだね。ヤッホーって普通、山に向かって言うよね」

「細かいなあ。気持ちいいんだから、いいじゃない。水原もアユも大声出してみなよ、すっきりするよ」

「じゃあ、わたしも」

水原が表情をひきしめ、咳ばらいをした。

「すてきな出会いがありますように！」

「声、でか！　ていうか、なんで願いごと？」

萌ちゃんがげらげら笑い、歩美もふき出した。

「細かいこと気にするなって、萌ちゃんが言ったんでしょ。本気だよ、わたしは」

「わかったわかった。ねえ、アユは？　早く彼と結婚できますように？」

「うわ、うらやましすぎ」

「いや、勝手に話を広げないで」

「あ、もうひとつ言っといていい？」

水原がぱちんと手を打って、手すりに身を乗り出した。

「瑠歌のばか！」

歩美と萌ちゃんはぎょっとして目を見かわした。それから、息をうんと深く吸って、口を開いた。


あの日、瑠歌と水原は激しくやりあった。

就職なんかやめよう。みんなで東京に行こう。何度も何度も、瑠歌はそう繰り返した。歩美たちが答えあぐねていたら、どんどん語気が強まった。

「今までやってきたのはなんだったの？　ただの学生時代のお遊び？　わたしは真剣だった

のに。真剣に、音楽やってたのに」

「わたしたちだって、真剣だったよ」

とうとう水原が反論した。もし水原がなにも言わなくても、歩美か萌ちゃんが同じように返していたと思う。

「だけど、このままずっと音楽だけやって生きてくわけにはいかないよ。音楽で食べていくって、口で言うほど簡単なことじゃない」

子どもをなだめすかすように、水原はゆっくりと続けた。

「成功するのは、ほんのひとにぎり。普通の人間にはまず無理だって。瑠歌も頭ではわかってるでしょ？」

「わかんない、全然」

瑠歌が顔を紅潮させて、ぶんぶん首を振った。

「どうして無理だって決めつけるの？　こんなとこで腐ってくつもり？　つまんない人生で、本当に満足なわけ？」

「瑠歌こそ決めつけないでよ。つまんないかどうかは、ひとそれぞれでしょ。他人にとやかく言われたくない」

「そんなの、自分に言い訳してるだけじゃない」

「ねえ、ふたりともちょっと落ち着こう？」

おろおろしている歩美にはとりあわず、水原は冷たく言った。

「そんなに東京に行きたいなら、瑠歌ひとりで行けば？」

瑠歌がもどかしげに顔をゆがめた。

「ひとりじゃ意味ないんだってば。だって、四人のバンドなんだから」

ぎゅっと胸をつかまれたような痛みを、歩美はこらえた。水原も萌ちゃんも黙りこんだ。

「だからって、わたしたちを巻きこまないでよ」

しばらくおいて言い返した水原の声に、それまでの勢いはなかった。

「巻きこむ？」

瑠歌が心外そうに眉を上げ、歩美と萌ちゃんに視線を移した。すがるように見つめられ、歩美は目をそらした。

「一緒に行こうよ？　ね？」

なにか答えなければと思うのに、言葉が出てこなかった。歩美より先に、萌ちゃんが口を開いた。

「ごめんね、瑠歌。あたしはここに残ろうと思う」

静かな声だった。

瑠歌が目を見開いた。唇をかみしめ、三人を順ににらみつけると、足音荒く部室を飛び出していった。

その後、仲直りはした。何度かライブもやった。チューニングに失敗したような、ぎくしゃくした空気も、日が経つにつれてましにはなった。でも耳をすませば、四人の奏でる和音は、以前のように完璧《かんぺき》には響きあっていなかった。

水原は実家を手伝うと決めた。歩美と萌ちゃんはふたりでリクルートスーツを買い、誘いあわせて企業の説明会に足を運んだ。

一度、萌ちゃんがぽつりともらしたことがある。

「履歴書に、学生時代にやっていたこと、って書く欄があるじゃない？　あそこにバンド活動って書くたびに、自分で自分がいやになる」

歩美もまったくもって同感だった。

「だけどしかたないよね。それしか書くことないんだもの」

萌ちゃんは力なく笑っていた。

卒業という言葉は、東京やデビューと同じく、四人の間では禁句となった。年が明け、卒業旅行はどうしようかと水原が切り出すまでは、誰も口にしなかった。わたしはやめとく、という瑠歌の返事に、三人とも驚かなかった。

丘を下り、港の方角へ引き返す途中で、運河につきあたった。入り組んだ流れに沿って、石畳の細い道が続いている。

「あそこ、なんだろ？」

萌ちゃんが足をとめ、数メートル先の店を指さした。ショーウィンドウに、大小の箱のようなものが並んでいる。

「行ってみようよ」

水原が先に立ってすたすたと歩き出した。展望台でさんざん大声を出して、ああすっきりした、と本人も言っていたとおり、午前中よりもだいぶ元気そうだ。歩美自身も、なんだか足どりが軽くなっている気がする。

「いらっしゃいませ」

店内に入ると、黒いエプロンをつけた男性店員に迎えられた。背が高く、ほっそりとやせている。会釈を返して、誰からともなく壁際の棚に近づいた。

「すごい数だね」

水原が声をもらした。床から天井まで、何段にもわたってずらりと並んでいるのは、すべてオルゴールだった。

「いろんな曲が入ってる」

透明な箱を端から手にとっては戻し、萌ちゃんが言う。歩美も手近な箱に手を伸ばした。側面に、曲名や歌手の名が入った小さなラベルが貼ってある。ざっと見ただけでも、ポップス、演歌、クラシック、と多種多様だった。洋楽も邦楽もまじっている。

世の中にはこんなにもたくさんの曲があるのだ。

CDショップに入るたびに、インターネットの音楽配信サイトを眺めるたびに、いつも考えることだった。しかもオルゴールになっているような曲は、その中でもさらに限られた上澄みだろう。

目についたものを、てんでに試聴してみた。主にサビの部分が使われている。限られた音階と音数の中で、うまく編曲されていた。

「こんなふうにアレンジするんだ」

「演歌とオルゴールって、合わなそうで合うね」

水原が棚の隅に置かれていた案内のチラシを一枚とった。

「曲目は、既製品の中から選ぶことも、お好きなメロディーをオーダーメイドで作ることもできます、だって」

「好きな曲……」

歩美と萌ちゃんの目が合った。水原が続きを読みあげた。

「ご自分やご家族との思い出の品として、またプレゼントとしても最適です。世界にたったひとつ、あなただけのオルゴールを作ってみませんか？」

教師にあてられた小学生のように、はいっ、と萌ちゃんが勢いよく手を挙げた。

「作ってみます！」

生徒の正解を聞いた教師のように、水原が満足げにうなずいた。

さっそく店員に声をかけてみたところ、奥のテーブルに案内された。歩美たち三人が横並びになった向かいに、彼も腰を下ろす。

「ではまず、器械の種類と外箱を選んでいただけますか」

一番安い器械でも十八音は出せるというので、それにした。必要に応じて編曲もしてくれるらしい。外箱の見本も出してもらい、三人で相談して、積み木を思わせるカラフルな木製の小箱に決めた。

歩美が赤、水原は紫、萌ちゃんはピンクを選んだ。三人とも、午前中に見たポーチの色あいが、頭の片隅に残っていたのかもしれない。店員が背後の戸棚から新しい木箱を三つ取り出して、それぞれの前に並べた。

「よかったら、飾りつけもできますが」

「こちら、ご自由にお使い下さい」

萌ちゃんが即答した。彼が浅くうなずき、テーブルの下からひらたい籐《とう》のかごを出した。

「やりたいです」

きらきら光るビーズ、ハートや花のかたちをしたスパンコール、スナック菓子のおまけについてくるようなプラスチック製の人形や動物、レースやリボン、いろんな材料が詰めこまれている。好きな素材を、箱のふたに接着剤で貼りつけていくらしい。

「うわあ、かわいい」

萌ちゃんがわくわくした声を上げた。

「なんかなつかしい。小さい頃、こういうこまごましたもの集めてたな」

水原も目を細めている。

「あたしも。クッキーの空き缶にためてた」

「わたしは箱だった。ときどき友達と交換したりして」

外箱の飾りつけは、思ったよりも時間がかかった。

他の客は入ってこないし、店員にも急かすそぶりはなく、つい長居してしまった。途中で、飲みものまで出てきた。わざわざ向かいの喫茶店から配達してもらったのだ。歩美たちと年齢の変わらなそうな、おかっぱ頭のウェイトレスが運んできてくれたコーヒーは、とても熱くて少し苦かった。

歩美は悩んだあげく、ふたの四辺を縁どるように、星形のスパンコールを並べることにした。萌ちゃんは右手にライオン、左手にしまうまを持ち、箱の上をあちこち動かして首をひねっている。試行錯誤しているふたりを尻目《しりめ》に、小鳥のかたちをしたボタンをふたにいくつかあしらった水原は、店員から渡された五線紙に音符を書き入れはじめた。

七色のスパンコールを貼りつけている間中、歩美はずっと心の中で「乙女の夢」を口ずさんでいた。

萌ちゃんがピンクの箱の上に小さな動物園をしあげるのを待って、ホテルにひきあげた。あさっての午前中にはできあがるというので、昼過ぎに空港へ向かう前に店に寄って受けとれば、ちょうどいい。

「ねえ、あの店員さんってさ」

運河沿いの道を歩きはじめるなり、水原はひそひそと切り出した。

「けっこうかっこよかったよねえ？」

萌ちゃんが後をひきとる。

「え、ほんと？」

歩美は手もとの箱ばかりに注目して、あまりちゃんと見ていなかった。目鼻だちよりも、色白の肌とさらさらした長めの髪が印象に残っている。

「あたしはああいうきれい系より、もっと男らしいほうが好みだけどね。もうちょい筋肉がほしい。背丈はあのくらいでいいかなあ」

「萌ちゃん、なんだかんだ注文多いよね」

「ちなみに、あのウェイトレスさんも彼をねらってると見た」

萌ちゃんはもっともらしく言う。

「うそ、まじ?」

「まじ。店員さんのこと、めちゃくちゃ熱い目で見つめてたよ」

「きれいな子だったよね……って、それはいいんだけどさ」

水原が話を戻した。

「曲、書いてたでしょ? あの店員さん」

彼は何度か席をはずしたものの、ほとんどの時間は歩美たちの向かいに座っていた。膝の上にノートかなにかを広げ、なにやら書きこんでいるようだった。

「あれ、曲だったんだ?」

「たぶん。ちらっと五線紙が見えた」

「でもあのひと、補聴器みたいなのつけてなかった？」

萌ちゃんが首をかしげる。

「ほんと？　それは気づかなかったな」

「わたしも」

「そういえば、話しかけたときにちょっと反応鈍かったかもね？　集中してるだけかと思ってたけど」

「待って。もしかしたら補聴器じゃなかったのかも」

萌ちゃんは自信なげに言い直した。

「髪に隠れてよく見えなかったんだよね。透明だったし、イヤホンとか？」

「ふうん。あさって、さりげなく見てみよっか」

水原が思案顔で応《こた》えた。


二日後に店を訪れたときには、しかし店員をじっくり観察するどころではなかった。

三人そろって寝坊してしまって、予定していた時間より大幅に遅く、あわただしくホテルを出発した。前の晩、最後の夜だからと気合を入れすぎて、これも三人そろって飲みすぎたのだった。

試聴をすすめられたが、断った。全員の分をひとつの紙袋にまとめてもらい、水原がそれを抱えて、全力で駅まで走った。一時間に一本しかない、空港行きの特急電車に、発車のベルと同時に駆けこんだ。

車両はがらがらに空いていた。四人がけのボックス席の窓際に、歩美と萌ちゃんが向かいあい、水原は萌ちゃんの隣に腰を下ろした。

「ああ、危なかった」

息をととのえた水原が、向かいの空席に放り出した紙袋に手を伸ばした。膝の上に置いて、中をのぞきこむ。

「あれ?」

「どしたの?」

「四つある」

水原は砂色の紙箱を袋から順に取り出した。萌ちゃんがひとつずつ受けとって、開けていく。まずピンク、次いで赤に紫と、めいめいの手で飾りつけた木箱が現れた。

四つめだけが、違った。

「なにこれ? あの店員さん、間違えたのかな?」

素材も大きさも他の三つと同じ、色違いの青い木箱だった。飾りつけはされていない。歩美はおそるおそる言ってみた。

「あのお店で、瑠歌の話ってしてたっけ？」

三人連れでやってきた客が、本当は三人ではなく四人でひと組だと知った店員が、気を利かせて四つめの箱をおまけしてくれた――ありえそうもない話だけれど、そのくらいしか歩美には考えつかなかった。

水原と萌ちゃんが同時に歩美を見た。突拍子もない思いつきだと笑われるかとも覚悟していたが、ふたりとも真顔だった。どうやら同じようなことを考えていたらしい。

「あそこでは話さなかったと思うけどな」

「あたしも」

瑠歌の名前を口に出した覚えは、歩美にもない。木箱にちまちまとスパンコールを貼りつけながら、顔を思い浮かべていただけだった。思い浮かべずにはいられなかった。手もとの箱が奏でることになる旋律が、耳の中いっぱいに鳴り響いていたからだ。のびやかで幸福な、瑠歌の作ったメロディーが。

たぶん水原と萌ちゃんも、歩美と似たような状態だっただろう。となると、あの店員は三人の心の中を読んだ――もしくは、聴きとった――ということになる。

いや、まさか。

「どうしよう。返しにいく時間はないし」

水原は困惑顔で青い箱に目を落としている。

「後で連絡してみようよ。向こうの手違いだろうから、怒られはしないんじゃない？」

歩美は言った。

「そうだね。とりあえず、聴いてみよう」

萌ちゃんがピンク色のオルゴールを膝の上にのせた。細い持ち手を、くるくると回す。

「ん？」

流れ出したのは、聞き慣れたあの曲ではなかった。

曲ですらない。ぽろん、ぽろん、ぽろぽろん、ぽろぽろぽろぽろぽろ、と同じ高さの音が細切れに鳴るばかりで、メロディーになっていない。

「なにこれ？　不良品？」

萌ちゃんが手をとめ、中の器械をのぞきこんだ。ふたを開け閉めし、外箱ごとひっくり返す。見たところ異常はなさそうだ。

「もっとゆっくり回してみたら？」

水原がすすめた。けれど何度やり直しても、同じことだった。店に置いてあった見本に比べて、音もずいぶん低い。

「みんなのは大丈夫？」

萌ちゃんにうながされ、次は水原が紫のオルゴールを回した。手の動きに合わせ、なじみのある旋律が聞こえはじめる。

「あ、こっちはちゃんと……」

言いかけて、水原はまた眉を寄せた。こちらは、ピンクと違って音程はあるものの、やはり歩美たちの予期していたそれではなかった。

「水原、ギター譜渡したの？」

「いや、普通にメインのメロディーを書いたはず」

「じゃあ、なんで……」

はっとして、歩美は自分のオルゴールに手をかけた。

赤い箱が奏でたのも、主旋律ではなかった。ピンクとも紫とも異なっている。できるだけ一定の速度を保つように、歩美は慎重に手を動かした。低い音の連なりが、聞き覚えのあるリズムを刻み出す。

「ベース……？」

萌ちゃんがピンクのオルゴールを持ち直した。

「だったら、これは……」

先ほどはぷつぷつと脈絡なく聞こえていた音が、これもなつかしいリズムのかたちになって、耳を打った。

「みんなで合わせてみようよ」

水原の声は少しうわずっていた。

「うん。一、二、三、四、で入ろう」

最初はうまく合わなかったけれど、何周か繰り返しているうちに、そろうようになった。だてに四年間も一緒にやってきたわけじゃない。

「すごいすごい」

「ばっちり合ってる」

「あっ」

水原がすっとんきょうな声を上げ、向かいの空席に手を伸ばした。シートの上に置きっぱなしになっていた青いオルゴールをつかむ。

「ってことは、もしかして」

鳴りはじめたのは、「乙女の夢」の主旋律だった。

メロディーが一巡しても、水原は手をとめなかった。

「ねえ、今度は四つで合わせてみない？」

小声でハミングしていた萌ちゃんが、うきうきと持ちかけた。水原が右膝に紫、左膝に青い箱をのせてみて、首を振った。

「無理。安定悪いし、ふたついっぺんには回せない」

「そっかあ」

残念そうに眉を下げたかと思いきや、萌ちゃんはなぜか急に目を輝かせた。

「そうだよ、ふたつは無理だよね」

やにわに腰を浮かせ、きょろきょろと車内を見回している。大丈夫そう、とつぶやいて座り直すと、かばんから携帯電話を出して耳にあてた。

「もしもし、瑠歌？」

歩美と水原はあっけにとられた。電話の向こうにいるはずの瑠歌も、おそらくそうだろう。

「聞いて」

萌ちゃんは一方的に言い置いて、ななめ向かいのシートに電話をのせた。スピーカー機能を使っているようで、くぐもった瑠歌の声が聞こえてくる。

「もしもし？　萌ちゃん？」

萌ちゃんがピンクのオルゴールを両手で持って、歩美と水原に目くばせした。ふたりも遅ればせながら萌ちゃんの意図を理解した。腕を伸ばし、携帯電話におのおののオルゴールを近づける。

「一、二、三、四」

萌ちゃんが足で刻む拍に、電車の揺れる音が重なった。

「瑠歌？　聞こえる？」

歩美は手は休めずに、背をまるめて携帯電話に口を近づけた。

返事はなかった。かわりに、歌声が聞こえてきた。青いオルゴールとそっくり同じ旋律が、聞こえてきた。

「進め、進め、進めよ乙女」

スピーカーの向こうで、瑠歌は歌っていた。はじめはかぼそく、だんだんと力強く。

「仲間を信じて突っ走れ」

「なんにも心配なんかない」

「わたしたちの夢はかなうよ」

いつのまにか、歩美たち三人も口ずさんでいた。

同じメロディーを、何度繰り返しただろう。五周めか、それとも十周めだったか、水原の声が不意に揺らいだ。

「わたしたちの夢をかなえて」

ひとりだけ、わずかに違う詞で歌った水原の頬を、涙がひと筋伝っていく。光るしずくがオルゴールの上にこぼれ落ちて、はじけた。

「わたしたちの夢を絶対にかなえて」

歩美と萌ちゃんも、とっさに新しい詞を口にしていた。応えるように、瑠歌が歌う。

「わたしたちの夢は絶対にかなうよ」

声がかすかに震えている。電車の窓からさしこんでくる澄んだ陽光に、四人分の歌声と三つのオルゴールの音色が溶けていく。

ふるさと

飛行機から降りたとたんに寒気がして、三郎《さぶろう》は小さく身震いをした。まだ外気にふれたわけでもないのに、気のせいだろうか。通路を歩く乗客の中には、六月下旬の東京では見かけない厚手のコートや上着を手に抱えている者もちらほらいるけれど、誰も袖は通していない。

「もっと厚着していったら？」

家を出るときに、妻にはすすめられた。

「夜は冷えるみたいよ。明日は晴れるらしいから、少しあったかくなるかもしれないけど」

「荷物になるからいいや。一泊だし、なんとかなる」

わざわざ天気予報を確認してくれた気遣いはありがたかったが、断った。あっちの気温に合わせるなんて癪《しゃく》にさわる、などと正直に言ったら、たぶんあきれられただろう。

かばんを肩にひっかけて、ジャケットのボタンを全部とめる。ひとり、ふたりと後ろから追い越される。

やはり、寒い。背中がすうすうする。気温が原因でないなら、精神的なものだろうか。柄にもないことを考えてしまい、考えたそばからげんなりした。早足で到着口を抜け、ツアーの出迎えを横目に、空港と直結した鉄道の駅へとエスカレーターを下る。

西へ向かう特急電車は空いていた。雪の季節にはつきものの遅延もない。予定どおり、暗くなるまでには実家に着けるだろう。

母から連絡が入った当初は、明日、土曜の早朝に東京を発ち、日帰りできないかとも考えた。それなら会社を休まなくてすむし、そもそも三郎にとっては、現地での滞在時間は短ければ短いほど望ましい。しかし六時台の始発便に乗っても、電車とバスを乗り継いで村に着くのは昼頃になってしまう。それではまにあわない。かといって、レンタカーも気が進まない。東京では三郎が運転する機会はほとんどない。家の車はほぼ妻の専用のようなもので、家族の送り迎えや買いもののときに使っている。娘たちには言えないが、妻のように都心の混雑した道をすいすいと走る自信が、三郎にはない。

四人がけのボックス席の窓際に、ひとりで座った。イヤホンを耳につっこみ、音楽を再生して目を閉じる。軽やかなピアノの調べがはじまる。

最近ようやく、妻の好むクラシック音楽が三郎の耳にも心地よく響くようになってきた。心地よすぎて睡魔が襲ってくる。有給休暇のしわ寄せで、ゆうべは徹夜だったのだ。

目を覚ましたときには、電車はすでに走り出していた。

通路を挟んだ隣に、中高年の女性の四人連れが座っていた。にぎやかな歓声を上げ、窓のほうに首を伸ばしている。

「すごい、見渡す限り海だわ」

「空が広いわねえ」

四人とも丁寧に化粧し、身なりも上品だ。年齢は三郎よりもひと回りほど上、六十前後くらいか。足もとに置いたキャリーバッグには、航空会社のタグがついている。子どもが独立してひまになった奥さん連中の小旅行、といったところだろうか。ご近所どうしか、学生時代の友人かもしれない。

彼女たちにつられて、三郎も外へ目をやった。確かに、見渡す限りの海と、広い空が見える。言い換えれば、それしか見えない。窓枠で切りとられた長方形を、水平線がちょうど横半分に分けている。

「もう少しお天気がよければね」

ひとりがぽつりと言い、

「でも明日は晴れるらしいから」

別のひとりが、すかさずとりなした。

「そうみたいね」

「天気予報、わたしも見たわ」

互いを慰めるように、あるいは励ますように、言いあっている。こんな重たげな鉛色ではなく、旅行会社のパンフレットに使われるような、青く澄んだ空と海を期待していたのだろう。このあたりは観光地として絶大な人気を誇っている。

大学進学を機に上京した三郎は、出身地を聞かれるたびに辟易《へきえき》したものだ。

はじめは、田舎者をあぶり出してばかにするための、いわば踏み絵めいた問いかけかとも勘繰ってしまったが、ごくあたりさわりのない世間話にすぎないようだった。東京近郊の実家から通っている者も、地方から出てきて下宿している者も、気負わず出身地を言いかわした。都心や、全国的に名のとおった街以外は、ざっくりと都道府県の名で答える者が多かった。三郎もそうだ。北の果てにあるひなびた漁村の名など、誰も知るはずがない。

三郎の返事を聞くと、相手はたいていうらやましがった。観光地としての印象が強いせいだろう。豊かな大自然、おいしい食べもの、ウィンタースポーツに適した気候と地形など、当時から売りは多彩だった。

しかしながら、三郎の実家の周りは、今も昔も旅行客とは無縁だ。よそ者が道を歩いているだけで、じろじろ見られる。鬱蒼《うっそう》と茂る森や荒れ狂う海からは、自然の恵みよりも脅威を感じる。ゆったり眺めてくつろいだり心洗われたりする類の、のどかな景色はどこにもない。

記憶をたぐれば、まずどんよりとした曇天が思い浮かぶ。冷静に考えたら、年中曇っているはずはなく、すっきりと晴れる日もあったに違いないのに、なぜか思い出せない。厚ぼったい雲で暗灰色に塗りこめられた空は、高い建物で視界がさえぎられないせいもあって、天井の低い部屋に閉じこめられているような圧迫感がある。海もまた、空に負けずに陰気な色をしている。単調な波の音も、岩場に白くくだけるしぶきも、どこか不穏で寒々しく、生ぐさい潮風はなにかの呪《のろ》いのようにねばっこく体にまとわりつく。

あんなところには、二度と戻りたくない。そのつもりもない。三郎の決意は、大学時代から一度たりとも揺らいだことがない。

いつのまにかとだえていた音楽を再生する気にもなれず、三郎はイヤホンをはずしてシートにもたれかかった。眠気もすっかり失せていた。隣の四人は、もはや車窓には目もくれず、誰かが持参したらしい菓子をつまんでいる。

「これ、おいしい」

「よかった。孫が教えてくれたのよ、人気のお店なんですって」

そこからひとしきり、孫の話になった。就職活動や大学受験の話題で盛りあがっている。全員、孫もほぼ同年代のようだ。三郎の娘たちと同じ年頃か、少し上の孫がいるということは、外見から推測したよりも年輩らしい。下手《へた》をしたら、七十になったばかりの母より上かもしれない。

だが、見た目は完全に逆転している。一年前に会ったとき、半世紀も連れ添った夫を亡くした直後だったとはいえ、母は彼女たちよりはるかに老けて見えた。都会の年寄りはなぜこうも若々しいのか、三郎はいつも不思議に思う。ほどよい刺激に彩られた自由な日々を謳歌《おうか》しているおかげで、老けこまないのだろうか。

「そうそう、先月ランチした銀座の和食屋さんね、恵比寿に姉妹店ができたんですって。今度行ってみない？」

「いいわね。でもわたし、ちょっとダイエットしなきゃ。近頃太っちゃって」

「うそ、全然見えないけど。最近テニスはなさってないの？」

「ヨガもいいわよ。じわじわ効いてくるの」

母はこうして友達と旅行に出かけたことはないだろう。旅行どころか、村の外へ出る機会すら、めったになかったはずだ。街なかでの外食も、スポーツジムも、母の人生には存在しない。母が彼女たちのように屈託なく笑っているところを、三郎は見たことがない。でも、今からでも遅くないと思うのだ。

東京に来れば、新しい生活がはじめられる。コンサートや芝居を観るなり、ちょっとした習いごとをはじめるなり、ただ街を散策するだけでも新鮮だろう。嫁との同居が気詰まりなら、小さな部屋でも借りればいい。ひとり息子としてそれくらいまかなう余裕はある。

今晩か、明日の法事が終わった後にでも、もう一度話をしようと三郎は心に決めている。母はもう十分がんばった。来る日も来る日も家事をこなし、漁協の婦人部でも働き、なによりあの父にかいがいしく仕えてきたのだ。これからは楽に気ままに、快適な余生を過ごしてほしい。もう母を縛りつけるものはない。死んだ夫に、しかもやりたい放題やって大往生したあのひとに、気がねなんかいらない。

三郎の足を生まれ故郷から遠ざけていた一番の理由は、空でも海でもない。最期《さいご》までわかりあえないまま、父は逝った。

特急電車を終点で降りて、さてどうしようかと三郎は思案した。

せっかく休みをとったことだし、早めの便を選んだつもりだったのに、もう一時を回っている。やはり遠い、と毎回同じことを考える。実家へは、鈍行に乗り換えて、さらに二時間近くもかかる。この近くで遅めの昼食をすませたほうがいいかもしれない。

　携帯電話を取り出して、一時間に一本しかない電車のダイヤを確かめた。最寄り駅への到着時刻も確認してから、実家の番号を呼び出す。

「はい、もしもし？」

「ああ、おれだけど」

　言ったとたんに、電話の向こうの声がぐんと高くなった。

「あらま、サブちゃん？」

　あれ、と思った。この呼びかたと口調は、母ではない。

「叔母《おば》さん？」

　顔も雰囲気も似ていないから、面と向かって話すと姉妹だと感じさせないが、電話の声だけはそっくりだ。

「ひさしぶりねえ。あんたはもう、全然こっちに帰ってこないから。元気でやってる？　仕事はどうなの？　奥さんとお嬢ちゃんたちは？」

　どうせもうじき顔を合わせるのだから、今聞く必要もないのに、次から次へと質問を投げかけてくる。悪気はないようだけれど、お喋りでうわさ好きで、誰彼かまわずぐいぐいと距離を詰めてくるこの叔母のことを、三郎は昔からあまり得意ではない。母はどちらかといえばおとなしくて物静かなので、どうしてこうも違うのかと親戚中から不思議がられている。

「まあ、おかげさまで」

「そう。お姉ちゃんはね、今買いものに出てるのよ。明日に備えて」

三郎のそっけない返答を気にするでもなく、叔母は話を変えた。一応たずねてみただけで、甥《おい》の近況に別段興味もないのだろう。

「サブちゃん、あんた、来られるんでしょうね？」

探るように言う。

「ちゃんと来なさいよ。急にだめになったとか言ったら、お姉ちゃんがっかりするわよ。お義兄《にい》さんだって」

「もちろん行きますよ」

お前は信用ならないと決めつけられたようで、三郎はむっとした。今いる街の名も口にしかけて、待てよ、と考え直す。叔母が留守番しているということは、もしかして。

「叔母さん、今日はうちに泊まりなんですか？」

「そうよ。お寺さんが来る前にいろいろ準備もあるし、お姉ちゃんひとりじゃ大変でしょ」

実は、三郎も同じようなことを考えていた。前回の反省もふまえ、できるだけ手伝うつもりで来た。母にも電話でそう言っておいたのに、伝わっていなかったのだろうか。それとも、息子はあてにできないと見越して、念のため妹に応援を頼んだのか。

「そうですか。ありがとうございます」

いずれにせよ、今晩家に泊まるのはよそう。叔母がいるなら人手は足りているわけだし、母とゆっくり話もできそうにない。この近くでどこか適当なホテルを見つけて、明日の朝に移動すればいい。

「十時からだよ。遅れないように、早めに来てね。電話もらったことはお姉ちゃんに伝えておくわ」

叔母は一方的にまくしたて、三郎の返事は待たずにぶつりと電話を切った。


さっそく駅前のビジネスホテルに部屋をとった。フロントに荷物を預けてから、昼食をとりに出る。

港の方角に向かってぶらぶらと歩く。何年ぶり、いや何十年ぶりだろう。たまの帰省で、この駅で乗り換える機会はあったが、降りて歩き回るのはひさしぶりだ。街は記憶よりも閑《かん》散《さん》としている。平日だし、夏休みにもまだ早い、中途半端な時季だからだろうか。道沿いに並んでいるビルも、ずいぶん古びてみすぼらしく見える。それだけの年月が経っているのだから当然なのだけれど、なんとなくわびしい気分になってくる。

大通りをはずれて裏道に入ると、いっそう静かになった。細い石畳の路地に沿って流れる運河をみとめ、やっと少しなつかしい気持ちがわいてくる。この風景は、昔とほとんど変わらない。

もっとも、この街にしばしば足を運んでいた頃の三郎は、運河にとりたてて関心はなかった。

大学に入って地元を離れるまで、ここは三郎にとって最大の、そして唯一の都会だった。中学や高校のときは、友達と誘いあわせて遊びにきたし、大学受験の予備校もこの近くにあった。授業を終えて校舎を出たら、あたりがまだ明るくて驚いた。ファストフード店やコンビニが昼間と変わらずに営業していることにも、大勢の人々が道をゆきかっていることにも、しばらく慣れなかった。東京住まいの今となっては信じがたい時刻の終電を逃さないように、いちもくさんに駅をめざした。酒のにおいを漂わせた、おぼつかない足どりのおとなたちをよけて走りながら、帰りたくない、といつも思った。でもそういうわけにはいかなかった。朝帰りでもしようものなら、父に張り倒される。

父は漁師だった。

漁師とひと口に言っても、大型船で長期にわたって世界中をめぐる遠洋漁業と、近場の海で日帰りの漁をする沿岸漁業では、仕事のやりかたも暮らしぶりもかなり違う。三郎の家は、父も祖父も曽祖父も、おそらくその先祖も、代々沿岸漁業を生業《なりわい》としていた。

学校には、遠洋漁業の漁師を父に持つ友達も何人かいた。漁場は世界各地に及び、一度の航海は短くても数カ月、長ければ一年以上も戻ってこない。家族と過ごせる時間は、ひとつの漁が終わって次の船出までの休暇中に限られる。そのはじまりと終わりは、子どもたちの表情からすぐに知れた。

三郎も幼い頃は、離れ離れで暮らさなければならない家庭を気の毒に思っていた。家に帰って父の姿を見れば、うれしく心強く感じた。そうでなくなったのは、いつぐらいからだったろうか。

天気が荒れている日を除けば、父は夜明け前に出港し、午後早くには帰宅した。三郎が学校から帰る時間には、茶の間でテレビを見ながらちびちびと酒を飲んでいた。ちゃぶ台には母のこしらえたつまみが並んでいる。なにかほしいとき、父は腰を上げる必要はなかった。おうい、と台所に向かって声をかけるだけで、母はなにを求められているのかをただちに察し、酒のおかわりや追加の肴を用意した。

ごくまれに、たとえば三郎がおやつを出してもらったり、なにか話しかけたりしていて、母が父の呼びかけを聞き逃すと、面倒なことになった。おい、と父はあからさまに不機嫌な声を張りあげた。

そういうとき、母は決して言い訳せず、すべてを中断して父の命令に従った。後回しにされた三郎は不服だったけれど、母は息子を守ろうとしてくれているのだとやがて気づいた。三郎の用を優先すれば、父が怒りの矛先をこちらへ向けてくるかもしれない。母に対しては、父は乱暴な口は利いても手は上げなかった。一方で、三郎には容赦がなく、頭をはたかれたり肩を小突かれたりするのは日常茶飯事だった。

父は悪い人間ではなかったと三郎は思う。ただ、どうしようもなく気分屋だった。日によって機嫌がよかったり悪かったりするのは、まだわかる。漁師というのは非常に不安定な仕事である。収獲が少ない日も、せっかくの獲物にいい値がつかない日もある。でも、自分から楽しそうに話しかけてきた数分後に、鬼のような形相でどなり散らされては、子どもも心にわけがわからなかった。

「海の天気は変わりやすいからな。一瞬でも気を抜いたら、命取りになる」

父はもっともらしく言っていた。

三郎のほうは、身の安全のために、天候よりも父の気分を読まなければならなかった。命までは取られないにしても、冷たい海に突き落とされて荒波にもまれるのはごめんだ。熟練の漁師が雲ゆきや風向きから嵐の訪れを察知するのと同じように、細心の注意をはらって父の言動を観察した。

観察しているうちに、父という人間を少しずつ理解できるようになった。理解するにつれ、失望した。

父は視野が狭く、無教養で粗野でがさつだった。口が悪く、おまけにおそろしくがんこだ。なんでもかんでも主観的に断定し、少しでも反論されようものなら――同意しかねるという顔をされただけでも――激怒する。ばかにすんな、というのが父の口癖だった。

三郎がうんと小さいうちはよかった。お父さんの言ったとおりね、となにかと父を立てようとする母にも、疑問は抱かなかった。しかし成長し、子どもなりに知恵がつくに従って、父の発言がひっかかるようになった。

小学二、三年生くらいまでは、父の誤りをいちいち指摘していた。先生にそう教わったとか、本にこう書いてあるとか、説明しようともした。そんなことをしてもむだだと悟るまでに、たいして時間はかからなかった。それ以降は、父の言葉を黙って聞き流すようになった。同じ頃から、まじめに勉強するようにもなった。父のようになりたくなかった。もっと視野が広く、教養があり、洗練されたおとなになりたい。世界はもはや、「お父さんの言ったとおり」には見えなかった。

成績はみるみる上がり、母は喜んでくれたけれど、父はぶつくさ言っていた。

「勉強なんかできたって、腹の足しにもならん」

そんなことはないと三郎はすでに知っていた。魚を獲るためには、国語も数学も英語もあまり役に立たないかもしれないが、広い世の中に出ればそうではない。たくさん勉強していい学校に入り、ゆくゆくはいい会社で働く、それが三郎の目標だった。この狭い村から脱出して、いい人生を歩むのだ。

「いい気になるなよ。つけあがってたら、ろくなことにならねえぞ」

父は苦々しげに吐き捨てた。否定されればされるほど、三郎はやっきになって、いよいよ勉強に励んだ。

大げんかになったのは、高校二年のときだった。東京の大学を受験したいと三郎が父に告げたのである。

「やめろ、やめろ。大学なんて行ったって、なんの役にも立ちやしない」

そっぽを向いて酒を飲みはじめた父を、三郎は必死に説得しようとした。何年も前、父とは会話が成立しないとさじを投げて以来、ひさびさに心をこめて話した。

高校ではずっと首位の成績をとっている。有名大学に合格するのも夢ではないと、教師も応援してくれている。本格的に受験対策をするために、街の予備校に通ったらどうかともすすめられた。

「いい大学を出ておけば、就職するときにも選択肢が広がるから」

「選択肢？」

父が低い声でさえぎった。

「おれは漁師にはならない」

三郎が言うと、父はかっと目を見開いた。息子の本心はうすうす感じとっていただろうに、とんでもない暴言を吐かれたかのように、にらみつけてくる。

「なんだと？」

浅黒く日焼けした父の両目は、鮮度の落ちた魚のように充血し、口の端に唾がたまっていた。ひどく醜かった。

「おれは、漁師にはなりたくない」

あんたみたいにはなりたくない、と心の中では言っていた。

「迷惑はかけないよ。奨学金をもらって、生活費もアルバイトでなんとかする」

だから、じゃましないでほしいんだ。

「ばかにすんな」

父が血走った目をつりあげ、ぶんと荒々しく腕を振りあげた。

「お前、何様のつもりだ」

三郎は片手で頭をかばった。そして反射的に、空いているもう片方の手で父を突き飛ばした。

ふたりとも座っていたから、そんなに力は入っていなかったはずだ。が、反撃を予測していなかったせいか、あたりどころが悪かったのか、父はあっけなく体勢をくずし、畳にあおむけに倒れこんだ。

心配そうに見守っていた母が、小さく悲鳴を上げて駆け寄ってきた。その手をじゃけんに振りはらい、父は立ちあがった。顔が真っ赤だった。殴り返されるかと思ったけれど、憎々しげに三郎をねめつけただけで、部屋から出ていった。

「勝手にしろ」

父もきっと内心ではあきらめていたのだろう、と後に三郎は思い返すことになる。息子が自分とちっとも似ていないことを。血はつながっていても、話がまるで通じないことを。

あてもなく歩いていくうちに、紺色ののれんが目にとまった。海の幸が豊富なこの街には、地元の老舗から観光客向けの大型店まで、何十軒もの寿司屋がある。

三郎が入口の前で立ちどまったのとほぼ同時に、引き戸が内側から勢いよく開いた。割烹着をつけた店員が出てきて三郎をみとめ、すまなそうに頭を下げる。

「すみません、ランチタイムはもうおしまいなんです」

　このあたりで、他によさそうな店はないだろうか。検索してみようか。ポケットから携帯電話を取り出しかけ、三郎は苦笑する。よく考えてみれば、別に寿司なんか食べたくはない。こまやかに手のかけられた江戸前寿司に慣れた舌には、ネタの鮮度ばかりがとりえの大ぶりの寿司は、田舎くさくて物足りない。

　どうも頭がうまく回らないのは、寝不足のせいか。それとも、明日のことで、はたまた実家の手前まで近づいているというだけで、いつになく緊張しているのだろうか。

　気を取り直し、その近くで古めかしい喫茶店に入った。無愛想なおかっぱ頭のウェイトレスに給仕され、サンドイッチを食べる。深煎りのコーヒーといい、ひかえめな音量で流れるジャズといい、なかなか好みの店だった。

　腹も頭もいい案配に落ち着いて、店を出たところで、道をへだてた向かいのショーウィンドウが目に入った。

　年季の入った木製のドアを開けると、からんとベルの音が鳴った。

「いらっしゃいませ」

　店員の挨拶に目礼を返し、三郎は店内を見回した。左右の壁をほぼ覆いつくしている棚の、上から下まで細かく仕切られた段のそれぞれに、透明な箱に入ったオルゴールがびっしりと並んでいる。

ひとつ土産に買って帰ろうか、とひらめいたのだった。音楽を愛する妻や娘たちは、喜ぶかもしれない。

妻は大学の同級生だった。

初対面のときには、例にもれず、出身地にまつわる不毛なやりとりがあった。都内、しかも二十三区内で生まれ育ったと聞いて、いいなあ、と三郎は思わず嘆息した。心底うらやましがっているのが伝わったのか、彼女はすぐに話題を変えた。

「お兄さんがいるの？　それともお姉さん？」

それも、自己紹介をすると、ときどきたずねられる質問だった。出身地ほどではないとはいえ、あまり詳しく説明したい話ではないけれど、うそをつくわけにもいかない。

「いや、ひとりっ子だけど」

「じゃあなんで三郎なの？」

案の定、彼女はいぶかしげに眉をひそめた。

よく知らない、というのがふだん使っている回答だった。でもこのときだけは、適当にはぐらかすのがためらわれた。

「父親が好きな歌手の名前なんだよ」

ここまで正直に打ち明けておいて、今さらごまかすのもなんなので、三郎はやけくそ気味に言い添えた。

「ほら、演歌の」

「ああ。なるほどね」

彼女はにっこりした。やはり笑われたか、と三郎が暗い気分になっていたら、思いがけないことを言われた。

「わたしも、おんなじ」

彼女の名前は、父親の敬愛するピアニストにあやかってつけられたという。ピアニストと演歌歌手では全然同じじゃないじゃないか、と三郎はひそかに思いながらも、口には出さなかった。おんなじ、と微笑んでいる彼女が、とてもかわいかったから。

それから半年ほどで、交際をはじめた。実家暮らしの彼女は家族と仲がよく、すぐさま恋人を紹介した。

はじめて自宅へ招かれたときには、本当に緊張した。なにしろ、テレビドラマに出てくる家みたいなのだ。客間にはくろぐろと輝くグランドピアノと立派なステレオ装置が置かれ、広い居間の壁一面に家族の写真が所狭しと飾られていた。大手の信託銀行に勤める父親も、自宅でピアノ教室を開いている母親も、三郎を歓待してくれた。堅苦しすぎず、なれなれしすぎず、客になるべく負担をかけないようにさりげなくもてなす、これが都会のひとづきあいというものかと感心させられた。

それ以降も、ひとり暮らしでは食事も大変だろうからとたびたび家に呼ばれ、手作りの夕食をごちそうになった。生活費を工面するため、いくつものアルバイトを掛け持ちしていた苦学生に、同情してくれたのかもしれない。ローストチキンもブイヤベースもビーフストロガノフも、三郎はこの家で生まれてはじめて口にした。

彼女が母親を手伝って食事のしたくをしている間、三郎は父親と客間で音楽を聴いた。女性陣のいる場では寡黙な彼は、ふたりきりになると気を遣うようで、それなりに話をしてくれた。趣味のクラシック音楽の話題にも、手がけている仕事の話題にも、三郎は興味深く耳を傾けた。たまに彼女や母親がやってきて、そんな話はたいくつでしょうと父親をたしなめるたびに、三郎は本気で否定した。

恋人の父に気に入られようとしたわけではない。三十も年上の相手と話が通じあうことに、感動していたのだ。彼のようになりたいとも思った。頭の回転が速く、気さくで趣味がいい、三郎にとってはまさしく理想のおとなだった。十代の頃、新しい世界を夢見て勉強に打ちこんだのと同じように、彼の知識や価値観を吸収しようとした。

その努力は、まずまず報われたといえるだろう。

三郎は大学を卒業後、彼の勤め先と同じ系列の投資銀行に就職した。それから三年後に結婚し、さらに三年後には長女が生まれた。そして次女の誕生を機に、妻の実家のそばに家を建てて引っ越した。

新築祝いに、義理の両親は新品のグランドピアノを贈ってくれた。こけら落とし、と妻は言って、ピアノを習いはじめていた上の娘とともに連弾を披露した。これも新調したばかりのソファに義父母と並んで座り、まだ赤ん坊の次女を膝の上であやしながら眺めたあの光景を、三郎はきっと一生忘れない。

「プレゼントをお探しですか？」

声をかけられて振り向くと、店員がにこにこして立っていた。

「いろんな曲がありますから、どうぞ試聴なさって下さい」

キャスターのついた、腰高の小さなワゴンをひっぱってきて、棚のあちこちからオルゴールをとってのせていく。適当に選んでいるのか、それとも彼なりの基準があるのか、手つきに迷いはない。

「ではごゆっくり」

この流れで買わされるのかと思ったら、店員は一礼して離れていった。ワゴンの上に置かれた五、六個のオルゴールのうち、真ん中のひとつを、三郎はなにげなく手にとった。

箱から突き出した細い持ち手を回してみて、あっと声が出そうになった。

あの曲だった。つやつやした真新しいグランドピアノが奏でた幸福な旋律が、素朴な音色で表現されていた。

なつかしい音楽は、あっというまにひとめぐりしてしまった。もう一度回そうとしたとき、ポケットの中で携帯電話が震え出した。

三郎はオルゴールをワゴンの上に戻し、急ぎ足で店の外に出た。ドアを後ろ手に閉め、もう片方の手で通話ボタンを押す。

「もしもし、三郎？　さっき電話もらったんだって？」

母だった。

「あんた、今晩はこっちに泊まるんじゃなかったの？　あの子にもそう言っといたのに、話が食い違ってるみたいだったから」

そうだったのか、と三郎は合点した。叔母が他人の話を聞かないのはいつものことだ。

「いや、明日の朝に行くよ」

「そう？」

もの言いたげな母の先手を打って、話を変える。

「何人くらい集まるの？」

「ええと、おとなは二、三十人かしらね」

「また大騒ぎになるんだろうな」

想像しただけで、憂鬱になった。

葬式のときもひどかった。出棺までは多少しめやかな空気も漂っていたものの、焼き場から帰ってきて食事をはじめたあたりから、皆いつもの勢いを取り戻した。にぎやかな宴会が好きだった父の供養という名目で、どんちゃん騒ぎが繰り広げられ、最後には父方と母方それぞれの親族対抗のカラオケ大会と化していた。あの父のことだから、じめじめと陰気くさいよりはにぎにぎしく飲みかわしたほうが確かに喜ぶかもしれないが、三郎の妻子は目をまるくしていた。今回の一周忌にも同行するという妻の申し出を固辞したのは、あんな恥ずかしい想いをまた味わいたくなかったからだ。

父も酔っぱらうと、よく歌った。息子に同じ名をつけるほどひいきにしていた歌手の曲はもちろん、テレビの音楽に合わせて歌ったり、風呂場で気持ちよさそうに声を張りあげたりもしていた。

ひどい音痴のくせに、自覚は皆無だった。そのわりに他人には厳しい。漁師仲間とカラオケに行けば、あいつの歌は騒音公害だとけちをつけ、一般人が出場するのど自慢大会の番組を観ては、よくこんな声で人前に出られるなと悪態をつく。とにかく口が悪いのである。つい憎まれ口をたたいてしまうだけで悪気はなく、むしろ親愛の情を示しているのだ、と母はとりなしていたけれど、こきおろされたほうはいい気持ちはしないだろう。

息子の結納や結婚式でも、父はいつもの調子で毒舌をまき散らすのではないかと、三郎は気が気ではなかった。自分の側はさておき、義父母をはじめ、妻の親族や知人を不愉快にさせたくない。じゃましないでほしい、と大学進学のときと同じく祈った。せっかくの良縁を父にぶちこわされてはたまらない。

幸い、父は案外おとなしく、はらはらしていた三郎は肩透かしを食らった。慣れないことずくめで、さすがの父も気圧されたのかもしれない。都会の雑踏や高層ビルの群れに、これまでの人生では縁のなかった老舗の料亭や高級ホテルの雰囲気に、そして義理の親戚となる人々のあかぬけた姿にも。三郎が家を離れてからは、以前のように激しく言い争うこともなくなっていた。

でも三郎は覚えている。

大学合格を祝ってくれた叔父《おじ》に、こいつは勉強しかとりえがなくて、と父が肩をすくめてみせたことを。就職先を報告したとき、なんだ金貸しか、と顔をしかめられたことを。両家の顔あわせの後には、気どった連中だな、と不興げに鼻を鳴らされたことを。休みをなんとかやりくりし、妻を連れて年始の挨拶に足を運んだら、別に来なくたってよかったのにと開口一番に言い放たれたことを。

　子どもが生まれて、帰省の習慣はとだえた。ぜんそく持ちの長女は、寒い土地では目に見えて症状が悪化した。日頃は手がかからない次女も、どういうわけか飛行機だけは大の苦手で、離陸から着陸までの二時間を泣きとおした。三郎は順調に出世して、仕事が一段と忙しくなってもいた。孫の顔を見せて義理を果たした後は、どうしても断れない冠婚葬祭のときにだけ、できる限りひとりで出向くようにしていた。

　唯一気になっていたのは、母のことだ。夫と息子の間で板挟みの苦労をかけて、つねづね申し訳なく思っていた。

「三郎、明日中には東京に戻るのよね？　好きな時間に抜けていいからね」

　母が言う。

「大丈夫。朝もちゃんと遅れないように行くから」

　答えたところで、さっきの叔母の言葉が三郎の脳裏をよぎった。

「今度は」

　つけ足すと、電話越しに母のため息が聞こえた。

　三郎は父の死に目に会えなかった。それは通夜の時点で親戚中に伝わっていた。あんたはほんとに親不孝者だ、と正面切って憤慨してみせたのは叔母くらいだったが、みんな口に出さずともそう思っているのがわかった。

「ごめんね」

母がぽつりと言った。

「謝ることないよ。呼ぶなって言われたんでしょ」

父が死にかけているなんて、三郎は知らなかったのだ。

入院していることさえ、知らされていなかった。念のために検査をするだけだという話だったので、母もそう深刻にはとらえず、あえて三郎にも伝えなかったらしい。ところが退院間近になって、容態が急変した。

「会ってもどうせ、けんかになるだけだっただろうし。そっちのほうがよっぽど後味悪かったと思うよ」

父は朦朧《もうろう》としながらも、あいつは呼ぶなと母に命じたという。そもそも、それからたった数時間で息をひきとったので、たとえ三郎がすぐに東京から駆けつけても、まにあわなかったはずだ。万が一まにあったとしても、追い返すと父は言っていたらしいし、たぶん本当にそうしただろう。

だからといって、どうしようもなかったと叔母たちに弁解する気にもなれなかった。危篤状態になってすら息子の顔を見たがらないほど仲が悪かった、その事実こそが、まぎれもない親不孝のしるしだ。

「ごめんね」

母は繰り返す。いつものことながら、死んでもなお母に気を遣わせている父に、三郎は無《む》性《しょう》に腹が立ってくる。

「ま、もうもめる心配はないからな。お互い気楽だね」

いらだちをのみこみ、冗談めかして言った。しかし、母は相変わらず神妙な声で、しんみりとつぶやいた。

「三郎が来てくれて、お父さんも喜んでるわ」

二十年以上も前から、帰省するたびに、幾度となく聞かされてきたせりふだった。どこからどう見ても本人に喜んでいるそぶりはなかったが、場をまるくおさめようという母の心配りを尊重し、三郎も反論せずに受け流してきた。これまでは。

でも、もういいんじゃないか。もうそろそろ、いいんじゃないか。

「喜ばないって」

三郎は言い返した。

「そんなことないわよ」

「あるよ。あのひとが喜ぶわけないじゃないか。現に、最期まで来るなって言ってたわけだし」

しばし、気まずい沈黙が漂った。母が言葉を探している気配が、電波に乗って伝わってくる。

「……がんこなひとだったからねえ」

母に言われるまでもない。父の性格は三郎も知っている。知りすぎるほど。母がそれを受け入れてやるせいで、ますます調子づいていた。

ためらうような間をおいて、母は言い添えた。

「三郎は忙しいんだからじゃましたくないって、聞かなくて」

今度は三郎が絶句する番だった。

早朝、なだらかな丘の斜面に沿って造られた霊園に、人影はない。うっすらと朝もやがたちこめる中、遠慮がちな小鳥のさえずりを聞きつつ、三郎は急な石段をひたすら上る。だんだん息があがってくる。

海を見下ろして立つ墓石を探しあて、前にしゃがんだ。質素な花束が供えられている。

「おはよう」

小道の先から、声がかかった。

「早かったのね」

母は片手にひしゃくと手桶《ておけ》、もう片方の手に新しい花を持っていた。まだふだん着で、化粧っ気もない。それでも葬式のときよりはだいぶ顔色がよくて、三郎は内心ほっとした。

近づいてきた母が、三郎の手もとをのぞきこんだ。

「なあに、それ？」

昨日、母との通話を終えた三郎は、試聴していたオルゴールを買うつもりで店の中へ戻った。

ワゴンは片づけられることもなく、棚の前にそのまま置かれていた。が、その上にのっている透明な箱はどれもそっくりで、見分けがつかなかった。三郎はあてずっぽうにひとつ手にとって、回してみた。小さいけれどもよく通る、可憐な音が響き出した。

メロディーを聴きとれた瞬間に、危うくオルゴールを取り落としそうになった。

ぷつりととぎれたその曲のことを、三郎はよく知っていた。ただし、先ほど聴いていたものではない。

わけがわからず、手に持ったオルゴールを呆然と見つめた。ふと視線を感じて顔を上げると、店の奥からこちらをうかがっている店員と目が合った。事情はすべて承知しているとでも言いたげに、微笑んでいた。

会計のときには、三郎も理性を取り戻していた。むろん、見知らぬ店員が事情をすべて承知しているはずがない。ただの偶然だ。どういうからくりなのかと聞いても戸惑わせるだけだろう。心の中で自分にそう言い聞かせ、問いただしたい衝動をこらえた。

墓石の前にひざまずき、三郎はオルゴールを回しはじめる。

「ああ、この曲」

母が目を細め、胸の前で手のひらを合わせた。

「なつかしいねえ」

演歌のオルゴールというものを、三郎はこれまで聴いたことがなかった。訥々《とつとつ》と奏でられる旋律は、歌手のこぶしを利かせた渋い声や、父の調子はずれのがらがら声で聴くそれとは、まったく印象が違う。

音楽に誘われるように、言わずにおくつもりだったことが、ぽろりと口からこぼれ出た。

「教えてくれればよかったのに」

母が三郎と墓石を見比べた。

「ごめんね。お父さんの望みどおりにしてあげたくてね」

それは三郎にも理解できる。母は最期まで、いや最期だったからこそ、父の意思を尊重したのだ。

父はきっと、なんとしてでも、三郎にだけは真意を知られたくなかっただろう。今頃は空の上で悔しがっているかもしれない。とにかくなんでも自分の思いどおりにしなければ気のすまない性分だったから。

でも。

「じゃあ、なんで今になって教えてくれたの？」

「もうそろそろ、いいんじゃないかと思ってね」

母が小さく笑い、三郎の横にかがんだ。墓前の花を換え、線香に火をつけて黙禱《もくとう》する。

「よく来てるの、ここ？」

「そうね、だいたい毎日。続けられる限りは続けるつもり」

三郎に向かってというより墓石に向かって、母は言う。

「ちょうどいい運動にもなるしね。それに、いい眺めでしょう」

母の視線をたどり、三郎も海のほうを見やった。いつのまにか乳白色のもやは消え、朝陽のさす入り江が波の模様までくっきりと見える。

「わかった。気が変わったら、いつでも教えてくれよ」

言いながら、当分はないんだろうな、と思った。父ほどではないが、母も意外にがんこなのだ。

「東京は東京で、悪くないよ」

「ありがとう。いつかはお世話になるかもしれない」

ちらりと三郎を見上げた母は、また墓石に向き直り、お父さんの言うとおりだったわね、と語りかけるように続けた。

「お父さんがいなくなっても、三郎がいるから心配ないわね」

聞こえなかったふりをして、三郎は再びオルゴールを鳴らしはじめた。健気《けなげ》な音色が強い風に乗って、白く輝く海へと流れていく。

バイエル

丘の上に建つ教会まで足を運ぶのは、ずいぶんひさしぶりだった。

真夏の強い陽ざしが、すべてを白く照らし出している。空色の三角屋根も、まるい花のかたちをした窓も、玉子色の壁もチョコレート色のドアも、記憶と変わらない。ドアの横の花壇には赤と黄色の小さな花々が咲き乱れ、その中央に木製の十字架が立っている。二本の木が交わった中央に蟬《せみ》が一匹とまり、せっぱつまった調子で鳴いている。

香音《かのん》が十字架の前で立ちどまると、ジイイイ、と中途半端な声をしぼり出すようにして蟬は飛びたった。

十字架の背丈は香音と同じくらいだ。こんなに小さかったたっけ、と首をかしげてから、はたと気づく。十字架が縮んだんじゃない、わたしが大きくなったんだ。最後にここへ来たのは、幼稚園の卒園式だった。

指を折って数えてみる。三年と、五カ月ぶりだ。

おそるおそるドアを開け、教会の中へ足を踏み入れる。ひんやりと湿った空気が、ほてった体を心地よく包む。誰もいない。真正面の祭壇に向かってまっすぐに通路が延び、その左右に一列ずつ、空っぽの木のベンチが整然と並べられている。祭壇の上には、赤ん坊を抱いた聖母の像が立っている。

香音の視線は、ベンチも祭壇もマリア像も素通りして、左奥の壁際へと吸い寄せられた。これも記憶のとおり、茶色いオルガンが置いてある。ちょうど譜面台のあたりに、ステンドグラスからななめにさしこんでくる光があたり、青や緑やオレンジ色の水玉模様がまだらに浮かんでいる。

ベンチの間の通路を、香音は急ぎ足で進んだ。なつかしい気持ちがひたひたと胸に満ちてくる。幼稚園で一緒だった友達に近所でばったり出くわしたときみたいに、いや、たぶん、もっと強く。

香音がはじめてこのオルガンを弾いたのは、幼稚園の年少組のときだった。

教会が運営している二年制の幼稚園は、すぐ裏手にある。二階建てのこぢんまりとした園舎に、小さな庭とプールがついている。信者の子はほんの一部で、香音も含めた大多数の園児は、聖母マリアもイエス・キリストも知らない近所の子どもたちだった。キリスト教らしいところといえば、せいぜい音楽の時間に讃美歌を習ったり、昼食の前にお祈りをしたりする程度だ。

入園した当初、香音は毎日憂鬱だった。

ひとりっ子で保育園にも通っていなかったから、同年代の子どもに慣れていなかったし、早生まれで体も小さかった。仲間はずれにされたりいじめられたりすることはなかったけれど、騒々しい他の子たちの輪に入っていけず、自由時間にはひとりで教室を出て、園庭の隅っこでなにをするでもなくぼうっと過ごしていた。

「うちの子は大丈夫でしょうか？」

内気な娘を案じるお母さんに、先生はにこやかに答えた。

「ちょっとマイペースなところはありますが、まじめでとってもいい子ですよ」

確かに香音はまじめにやっていた。その成果が出ているとはいえなかったが。

幼稚園でやることのほとんどが、香音にとっては難題だった。走るのは遅い。プールはこわい。お遊戯の時間には手足がもつれて転び、お絵描きも工作も下手くそだった。一生懸命やっているのになぜうまくできないのか、自分でもわからなかった。

香音がかけっこでびりになっても、母の日の似顔絵が妖怪《ようかい》みたいになってしまっても、お母さんは決して文句を言わなかった。よくがんばったね、とほめ、ありがとう、と喜んでくれた。どうしてできないの、とよその子が母親から叱責されているのを耳にするたび、うちのお母さんは優しくてよかったと香音は安堵《あんど》した。

ともあれ、辛抱強く通っているうちに、先生や友達にも慣れてきた。日を追うごとに、幼稚園生活は楽しいとはいえないまでも、苦痛ではなくなってきた。ひとつだけ、どうしてもなじめないことを除いては。

香音はうるさいのが大の苦手だった。

幼稚園では絶えず誰かが、ひどいときには教室中のほぼ全員が、声を限りに叫んだり泣きわめいたりしていた。その騒音は、香音の頭蓋骨《ずがいこつ》の内側でわんわんと反響し、頭痛やめまいを引き起こした。週に何度かある「お歌の時間」も、香音にとっては拷問だった。音程を大胆に無視したクラスメイトたちの歌声で、決まって気持ちが悪くなった。

負けないように、がんばって大声を張りあげてみても、嵐のような大音響の海では香音の声はあまりにもかぼそく、あえなく荒波にのみこまれてしまった。そのうちに頭だけでなくのどまで痛みはじめ、口をぱくぱく動かしながら、歌が終わるのを待つのがせいいっぱいなのだった。

ある日、とうとう耐えられなくなって、香音は歌の途中で両手を耳に押しつけた。どんなに強く押さえても、指の隙間から野蛮な音がしのびこんでくる。しゃがんで体をまるめ、ひたすら手に力をこめた。

肩をたたかれて顔を上げたら、先生が目の前にかがんでいた。香音はそろそろと手を下ろした。いつのまにか歌はやんでいた。

「香音ちゃん、どうしたの？」

周りの園児も、けげんな顔つきでこちらに注目している。

「しんどいの？　どこか痛い？」

「……うるさくって」

香音が正直に打ち明けると、先生は困惑したように眉を下げた。

その日、迎えに来てくれたお母さんは先生に呼びとめられ、がらんとした教室の隅で深刻そうに話していた。いつも聞きわけがよくて、こんなことはなかったんですが……ええもちろんです、お友達を悪く言うような子じゃないですし……先生の声がきれぎれに聞こえてきて、香音は気が気ではなかった。

「香音、お歌の時間がきらいなの？」

家に帰るなり、お母さんは香音にたずねた。

「どうして急に？　いつもは歌うの好きじゃない」

そこで、あ、と声をもらした。香音の目をのぞきこんで続ける。

「もしかして、いやな音なの？」

先生が言っていたとおり、香音は聞きわけがよかった。幼稚園でも家でも、めったにわがままは言わなかった。おとなの言葉に逆らわず、偏食もなく、特別に仲の悪い子も——親しい子もだが——いなかった。

例外は、音だった。音に関してだけは、香音はものすごく好ききらいが激しい。

もっとも、家の中ではほとんど耳ざわりな音はしない。たまに平穏を乱すのはテレビくらいだ。アナウンサーが淡々と読みあげるニュースや、仰々しい効果音の入らないドキュメンタリー番組ならかまわないけれど、バラエティーや討論番組、子ども向けのアニメなんかはがまんできなかった。

「いやな音がするの」

香音が訴えれば、両親は快くテレビを消してくれた。

「香音の耳は繊細なのね」

「でも、きれいな音楽は好きなんだよな。歌もうまいし」

「あなたもわたしも、そういうのはさっぱりなのにね。誰に似たのかな」

「香音、って名前がよかったのかもな。大きくなったら、なにか楽器を習ってもいいんじゃないか？」

よけいな音が消えた部屋で、お父さんとお母さんはのんびりと言いかわしていた。

翌日、お母さんはさっそく先生に説明してくれた。

「この子は耳が敏感で。あんまり大勢の声がいっぺんに聞こえると、ぐあいが悪くなるみたいなんです」

「でも、歌の時間に香音ちゃんだけ出ていってもらうわけにもいかないですよね」

先生は教室を見回し、ぱちんと手を打った。

「そうだ。伴奏の近くに立ってもらえば、いくらかましじゃないでしょうか？」

片隅に置かれた、アップライトピアノを指さす。声量よりも音程が問題なのだと察してくれたようだった。

先生は正しかった。香音の耳には、大きな音が必ずしもうるさく感じられるわけではない。たとえば、風や雨、動物や鳥の鳴き声なら、多少やかましくても平気だ。からすのわめき声も、雷のとどろきも、それぞれ興味深い。野外で耳をすますのも好きだった。小川のせせらぎ、虻《あぶ》の羽音、木々の葉ずれ、寄せては返す波の音。世界はみずみずしい音楽に満ちていて、いつまでも聞き飽きない。

その数日後、歌の時間に、先生は約束どおり香音を最前列の右端、つまりピアノに最も近い位置に立たせてくれた。

歌い出すなり、香音のほのかな期待はたちまち打ち砕かれた。やっぱりうるさい。でもどうしようもない。せっかく特別扱いまでしてもらったのだ。それに、前みたいにでたらめな歌声でぐるりと包囲されるよりはまだいい。もやもやと思いめぐらせている香音の右耳に、凜《りん》と澄んだたのもしい音が飛びこんできたのは、そのときだった。

ピアノだ。

香音は体の向きをななめにずらした。正確な音程とリズムが、心地いい。白と黒の鍵盤の上を器用に躍る、先生のしなやかな指を目で追っているうちに、いつしか自分の声とピアノの音しか聞こえなくなっていた。

その日から、香音は音を聴きわける練習をはじめた。

そこらじゅうに入り乱れている、無数の雑多な音の中から、聴きたいものだけを選んで耳をこらすのだ。集中するのがコツだった。慎重に耳を傾ければ、雑音の渦の底に沈んでしまっているひそやかな音も、きちんとすくいあげられる。

そのやりかたを身につけてからは、歌の時間に限らず、幼稚園での生活全般が段違いに楽になった。たまに先生の指示まで聞き逃したり、友達のお喋りに相槌《あいづち》を打ちそびれたりして、マイペースな子だという評価はいよいよ定着してしまったけれど。

つらかった歌の時間は、なにより待ち遠しいものに変わった。香音は毎回、適当に口を動かしながら、ひらひらと鍵盤の上を舞う先生の両手にみとれた。歌詞はちっとも覚えられないのに、軽やかな手の動きはピアノの音色と一体となって、しっかりと頭に刻みこまれていた。無意識のうちに、でも着実に。

それが証明されたのは、夏休み明けのことだった。

先生が教室に持ってきた楽器を最初に見たとき、変なの、と香音は思った。ピアノを不完全に模した、にせもの、とでもいうべき形状だった。鍵盤の部分だけを抜き出し、しかも横幅をかなり縮めてある。白鍵が十九、黒鍵は十三しかない。

「これはね、キーボードっていう楽器よ。信者さんが寄付して下さったの」

先生が小さな鍵盤に指を走らせた。歓声を上げたクラスメイトたちを横目に、香音はいささかがっかりしていた。ピアノに似せられた電子音は、これも本物より軽く、薄っぺらかった。しょせん、にせものはにせものだ。

「みんなで仲よく遊んでね。順番を守って、交代で」

皆が新しいおもちゃに群がった。ピアノ教室に通っているという女の子が、たどたどしい指遣いで童謡を数小節だけ弾いた。いつも教室を駆け回っているやんちゃな男の子は、手のひら全体を鍵盤に押しつけ、盛大に不協和音を鳴らした。

ふだんの香音なら、教室に目新しいものがやってきても、我先に駆け寄ったりはしない。そこには必ず騒音の竜巻が生まれるからだ。耳に入ってくる音をある程度は選《よ》りわけられるようになったとはいえ、できるだけ巻きこまれたくない。

なのに、そのときだけは違った。香音はキーボードが置かれた机のそばに陣どり、うずうずして順番を待った。にせものでもいいから、ふれてみたくてしかたがなかった。全身が妙に熱く、ぞわぞわと落ち着かなかった。

やっと番が回ってきて、香音はキーボードの前に立った。深呼吸をひとつして、両手の指を鍵盤の上に広げる。

聞き覚えのある旋律が、流れ出した。歌の時間に皆で練習していた、外国の民謡だった。机を取り囲んで騒いでいた子どもたちが、リモコンで音量をしぼられたかのように、徐々に静かになった。それから、誰かが音楽に合わせて小声で歌いはじめた。香音が一曲を弾き終える頃には、大合唱になっていた。

最後の和音をおさえたまま、香音はしばらく放心していた。自分の手がこんなふうに動くなんて、信じられなかった。様子を見にやってきた先生も、目をまるくしていた。

「香音ちゃん、ピアノ習ってるの？」

香音は首を横に振った。

ばたん、と背後でドアの閉まる音がして、香音はオルガンのふたから手を離した。入ってきたのは、腰の曲がったおばあさんだった。真夏だというのに、真っ黒な長袖のブラウスに、同じく黒いロングスカートをはいている。香音には気づいていないようだ。おぼつかない足どりで時間をかけて祭壇の前までたどり着くと、床に膝をついて頭をたれ、なにやらぶつぶつと唱えはじめた。

聞かないでおこう、と香音は決めた。しわがれた声は「いやな音」ではないけれど、香音ではなく神様に向けた、個人的な言葉のはずだから。

オルガンに寄りかかって目を閉じる。数秒後には、窓の外で鳴いている小鳥のさえずりをとらえた。

幼稚園の先生にもすすめられ、近所のピアノ教室に通いはじめた香音は、やがて音楽会や教会行事の礼拝で伴奏役を務めるようになった。おとなの聖歌隊から頼まれたこともある。いずれも、歌いやすいと好評だった。演奏が正確だからだろう。音をはずさず、速度も常に安定している。香音はいつだって、楽譜にできるだけ忠実に指を動かすのだ。

有名なピアニストのＣＤを聴き比べてみると、同じ曲も奏者によってまるで違い、それぞれ美しく個性的だ。一方で、香音が自分で弾くときは、譜面に記されている指示を絶対に守らなければ気がすまない。楽譜はピアノの世界を楽しむための、神聖な地図なのだ。プロならともかく、香音のような子どもが勝手に書き換えるわけにはいかない。たまにCDをまねて弾いてみたり、あえて楽譜とは異なる速度やペダル遣いを試してみたりしても、全然しっくりこなかった。

楽譜の読みかたは、ピアノ教室でみっちりと教えてもらった。五線の上に並んだ音符と鍵盤との対応、音符と休符の長さ、記号やアルファベットの意味、覚えなければならないことはたくさんあった。最初は混乱したし、じかに指の動きを見たほうが早いのにと不満にも思ったが、一度理解してしまえば便利なものだった。ややこしく感じられた記号も、ひらがなや漢字よりはずっとわかりやすい。

聴音は得意だった。鍵盤が見えない位置に立ち、鳴った音をあてるのだ。どんなに複雑な和音でも、香音はまず間違えなかった。数小節や、長ければ一曲まるごとを聴きとった後で、そのまま再現してみせることもできるようになった。

あの頃はよかった。ピアノ教室でも、幼稚園でも教会でも、くちぐちにほめられて誇らしかった。お父さんもお母さんも喜んでくれた。ひっこみ思案で不器用なひとり娘に、はじめて人並み以上に得意なことが見つかったのだ。

小鳥の声が、やんだ。

香音は目を開け、オルガンのふたを手のひらでなでた。すべすべしたこの手ざわりも覚えている。教会で弾くオルガンが、香音はとりわけ好きだった。音色にふくよかな厚みが出るし、高い天井によく響いて気持ちがいい。

胸の前で十字を切って立ちあがったおばあさんが、香音に目をとめた。順番を待っているように見えたのか、どうぞ、と手ぶりで祭壇を示す。香音はうながされるままに進み出て、マリア像と向かいあった。

神様、わたしはどうしたらいいでしょうか。

心の中で問いかけても、返事はない。それはそうだろう。神様は心正しい人間に救いの手をさしのべるのだ。教会の牧師も務める園長先生に、そう教わった。つまり、今の香音には救われる資格がない。

背後でまた音がした。入口のドアが開き、大小の足音が続く。五人、いや六人いる。香音はそっと振り向いた。

ぞろぞろと連れだって入ってきたのは、中年のおばさんたちだった。香音の見知った顔もまじっている。聖歌隊だ。これから練習をするのだろう。ベンチでひと休みしていた先ほどのおばあさんも、知りあいを見つけたようで、挨拶をかわしている。

静まり返っていた教会の中に、かしましいお喋りが反響している。香音はオルガンの椅子に置いていたかばんをつかみ、壁づたいにそそくさと出口へ向かった。

行くあてもないまま、丘を下った。強烈な陽ざしが容赦なく照りつけてくる。公園の横を通り過ぎたときに見えた時計は、三時少し前を指していた。

もうすぐレッスンがはじまるはずの時間だ。

香音が姿を見せなかったら、南《みなみ》先生は自分の覚え違いだと考えてくれるだろうか。レッスンの日程変更や宿題についてささいな食い違いがあったとき、たとえそれが香音の言い忘れや勘違いのせいだったとしても、先生は必ず自分自身の記憶力を疑ってかかるのだ。

「いやねえ、年をとると物忘れがひどくって」

確かに、南先生は年をとっている。髪は真っ白だし、顔全体がしわくちゃで、CDのジャケットに使われている若い頃の写真と同じひとだとは思えない。両手はかさかさで筋ばり、血管としみが浮き出ている。いかにも非力そうなその手が、鍵盤の上では自由自在に動き回り、見かけからはとても想像のつかない、力強くのびやかな音を出すのだけれども。

小学二年生の新学期に、香音は南先生と出会った。

一年生の間は、幼稚園のときと同じピアノ教室に通っていた。週に一回のレッスンを、香音は心待ちにしていた。小学校高学年や、時には中学生向きの曲を習った。家でも平日は三、四時間、休みの日にはもっと長く、練習に励んだ。根《こん》を詰めすぎではないかとお母さんに心配されるほどだった。

夏休みには、隣の市が主催する、小中学生向けのピアノコンクールにも出た。当日、一般の音楽公演でも使われるホールと巨大なグランドピアノに、香音はすっかり魅了された。上等のピアノはわくわくするような音を出し、会場の音響もすばらしかった。壇上で審査員を前にして平常心で弾けるのか、前日までは不安でしかたなかったのに、本番では緊張するどころかうきうきしていた。ただひとつ、課題曲しか弾けないことだけが残念だった。小学生は、一年生から三年生が低学年の部、四年生から六年生が高学年の部に分かれていて、低学年の部で指定されていたのは、香音が幼稚園のときに教わったブルグミュラーだった。せめて高学年の部のショパンを弾かせてほしかった。

二年生や三年生をさしおいて優勝できるなんて、思ってもみなかった。自分でもうれしかったけれど、それ以上に両親が喜んだ。ことにお母さんはしごく感激し、うっすらと涙ぐんでさえいた。てっぺんにト音記号の飾りがついた、小さな金色のトロフィーごと、香音を力いっぱい抱きしめてくれた。

「お母さんはピアノが弾けないから、香音がどんなにすごいのか、ちゃんとわかってなかった。これからは、もっとしっかり応援するからね」

南先生のことを、お母さんはどこで知ったのだろう。ピアノ教室で相談したのか、それとも、コンクールのときに知りあった、よその保護者から教えてもらったのだろうか。

ともかくお母さんは、有名なピアニストである南明子《あきこ》が、引退してこの街に住んでいることをつきとめた。彼女がかつて、自身の音楽活動の傍ら、多くの弟子を育ててきたことも。

「それは昔の話ですよ」

初対面のとき、南先生は言った。

「もうこんな年ですから。お電話でもお伝えしたとおり、地元に戻ってきてからは教えていませんし、そのつもりもありません」

電話で断られても、お母さんはあきらめなかったのだ。ひとめお会いしたいとしつこく頼みこみ、香音を連れて半ば無理やり先生の家に押しかけた。手入れの行き届いた古い一軒家のたたずまいは、丁寧に調律された年代物のピアノを連想させた。

「お願いです。一度だけ、この子のピアノを聴いてやって下さい」

お母さんがソファから立ち、深々と腰を折った。香音もあわててならった。

先生は困った顔でふたりを見比べていたが、やがて腰を上げ、部屋の奥に据えられたグランドピアノに歩み寄った。楽譜がぎっしり並んだ壁際の本棚から、青い表紙の一冊を抜きとり、中ほどを開いて譜面台に置く。

「じゃあ、これを」

香音はどきどきしてピアノに近づいた。先生が椅子の高さを調節してくれた。座ってみたら、ぴったりだった。

譜面を見る。知らない曲だったものの、思っていたよりも簡単そうで、少しだけ気が楽になった。正直なところ、ちょっと拍子抜けしたくらいだった。旋律は単純で、難しい指さばきも複雑な和音もない。初心者向けの練習曲だろう。

一度も間違えたり詰まったりせずに、香音は一曲を弾きとおした。演奏中は、ふだんと同様に、よけいなことは考えなかった。鍵盤から指を離してようやく、これはテストだったのだと思い出し、おずおずと先生を見上げた。

南先生は、微笑んでいた。はじめて見せる笑みだった。そして、やわらかいアルトの声でこう言った。

「いい音ね」

十字路で立ちどまり、香音は汗ばんだ額を手の甲で拭う。

まだまにあう。ここで右に折れて道なりに進めば、さっき通り過ぎてしまった先生の家まで、五分とかからずに着くはずだ。

まだまにあう。胸の中で唱えつつ、香音はのろのろと左に曲がった。

運河に沿って、石畳の小道をとぼとぼと歩く。楽譜を詰めこんだかばんが肩に食いこんで痛い。

暑い。のどもかわいた。

レッスンの前と後に、南先生はお茶を出してくれる。この季節だと、まず冷たい麦茶で、後があたたかい紅茶だ。紅茶は先生も飲む。添えられたクッキーやチョコレートをつまみ、ふたりで雑談もする。ヨーロッパ留学の話、東京で開いたコンサートの話、オーケストラの伴奏をしたときの話もおもしろかった。おすすめのレコードを聴かせてもらうこともある。

「この曲、香音ちゃんは好きかもしれないわ」

今のところ、先生の予想ははずれたためしがない。香音の宿題を決めるときもそうだ。小一まで通っていたピアノ教室では、一冊の教則本を前から順に練習したが、南先生は違う。一曲がしあがるたびに、新しい譜面を棚から出してくれる。先生の選ぶ曲は、国も時代も作曲家もばらばらなのに、どれも香音の好みにぴたりと合った。

初日に弾いたのはバイエルという作曲家の曲だと、後から聞いた。

「前のお教室では使わなかった？」

「はい」

「そう。今どき、あんまり流行《はや》らないのね。昔はみんなバイエルからはじめたものだけど」

でも、香音はバイエルが好きだ。先生から譲り受けた楽譜を、ときどき家で弾いている。地味だしちょっと単調だけれど、無心に指を動かしているうちに頭が空っぽになって、すっきりする。

運河にかかった小さな橋を渡ったところで、香音は足をとめた。音楽が聞こえる。バイエルではない、もっと複雑で重々しい曲が。

空耳だ。ここのところよくあるので、驚かない。数小節でやむこともあれば、全曲終わるまでとまらないこともある。今日はバッハのシンフォニア第八番が鳴っている。他には、メンデルスゾーンの無言歌集や、スカルラッティのソナタのときもある。二週間前に、コンクールの地区大会で弾いた三曲である。

一年生のときに香音が優勝した、隣の市が主催するコンクールではない。あれよりもはるかに有名な、日本最難関とされる学生コンクールに、香音は今年はじめて出場した。小学生の部には四年生から応募できるのだ。

耳にまとわりついてくる、バッハのきまじめな旋律から気をそらしたくて、香音は左右を見回してみた。人影はない。狭い路地の先に、古ぼけた喫茶店の看板が出ている。その向かいの建物は、頑丈そうな木製のドアが、道に張り出すように大きく開け放されている。手前にショーウィンドウがあるから、お店だろうか。ガラスに光が反射して、なにが飾られているのかは見えない。

一歩前へ踏み出すと、バッハの音がわずかに大きくなった。

あれ、と思う。空耳の聞こえかたが、いつもと違う。なぜか右手の主旋律だけが何度も繰り返され、そこへ覆いかぶさるように重なってくるはずの、左手の音が聞こえない。音色もピアノのそれではない。もっと細くて、ぴんと硬い。なんの楽器だろう。どこかで聞いたことがあるような気もするが、思い出せない。

音楽は、耳の内側ではなく、外側から聞こえていた。開けっ放しになっている、ドアの向こうから。

香音はふらふらとドアに歩み寄り、中をのぞいた。

思ったとおり、お店のようだった。左右の壁を背の高い棚が覆っている。奥のほうで、店員さんと思しき黒いエプロンをつけた男のひとが、こちらに横顔を見せて棚に向かっていた。足もとに段ボール箱が積みあげられている。大掃除か、それとも引っ越しか、どっちにしても営業中ではなさそうだ。

気づけばバッハは消えていた。バッハどころか、物音ひとつしない。やっぱり空耳だったのかもしれない。楽器らしきものも見あたらない。

香音が回れ右しようとしたそのとき、店員さんがふと入口のほうへ顔を向けた。ぱっと目を輝かせ、口を開く。

「いらっしゃいませ」

香音を店の中へ招き入れると、彼はさっさと元の位置に戻り、背を向けて棚の整理を再開した。

香音は所在なく店内を見渡した。こういう個人商店にひとりで入るなんて、はじめてだ。外の光に目が馴れていたせいか、暗く感じる。隅で大儀そうに首を振っている旧式の扇風機の、うなるような鈍い音だけが、静かな店にくっきりと響いている。

店員さんとは反対側の壁際の棚に、近づいてみた。透明な四角い箱が並んでいる。どれも、中に金色の器械がひとつずつ入っていた。

バッハの正体は、これだろうか。

「ご希望の曲がお決まりでしたら、承《うけたまわ》りますが」

声をかけられて、香音は振り向いた。作業が一段落したのか、店員さんが香音のほうに向き直っていた。

「よかったら、オリジナルでお作りすることもできますよ」

まるでおとなを接客しているかのような、かしこまった言葉遣いにひるみつつ、香音はしどろもどろに答えた。

「ええと、あの……わたし、たまたま前を通りかかっただけで……」

自分から店の中をのぞきこんでおきながら、買うつもりはないと今さら言い訳するなんて、変だろうか。でも、お金もほとんど持っていない。

「歩いてたら、バッハが聞こえてきて……知ってる曲で、ちょっと気になって……」

「バッハ、ですか？」

店員さんが心もち目を見開いた。

「耳がいいんですね」

驚いたように言い、背後の棚を見やる。

「ええと、バッハはどこだったかな」

「あ、いいんです」

香音はあせってとめた。別にオルゴールがほしいわけじゃない。

同時に、ちらりと不思議な気もした。わたしが店をのぞいた直前まで鳴らしていたはずなのに、どうしてどこにあるのかわからないんだろう？　やっぱり、あれは空耳だったんだろうか？　だけど、耳がいい、と店員さんは感心したように言っていた。お客さん相手に話を合わせただけだろうか？

「すみません。わたし、お金も持ってないんです」

恥ずかしいのをこらえ、白状する。

「お金？」

店員さんはきょとんとして繰り返し、ああ、と腑《ふ》に落ちたように手を打った。

「なるほど。じゃあ、よかったらこれを」

足もとの段ボール箱を抱えあげ、香音の前まで持ってくる。

「ご覧のとおり、今日は在庫を整理してまして。せっかくなので、お好きなものをひとつお持ち下さい。お代はけっこうですから」

箱の中には、小さなオルゴールがたくさん入っている。お代、というのは代金という意味だろうか。ただでオルゴールをくれるということなのか。だけど、どうして。

立ちつくしている香音に、店員さんがいぶかしげにたずねた。

「お急ぎですか？」

うなずこうとして、香音は動けなくなった。レッスンのはじまる時間はとっくに過ぎている。

コンクールの地区大会、小学生の部で、香音は四位になった。全国大会に進めるのは、それぞれの部で上位三名のみだ。要するに、予選敗退である。

順位が発表されたとき、香音はびっくりした。三位以内に入賞できると期待していたわけではない。逆だった。他の参加者の演奏も聴いて、自分はけっこう下だろうなと覚悟していたのだ。

悔いはなかった。これまで練習してきた中で、最高の演奏ができたという自覚があったからだ。もちろん残念な気持ちもあったけれど、全力を尽くした達成感がそれを上回っていた。とってもよかったわ、香音ちゃんは本番に強いのね、と南先生もほめてくれた。

取り乱したのは、香音ではなくお母さんだった。

「どうして？」

結果発表の瞬間に、呆然とつぶやいた。

「香音が一番上手だったのに」

娘を励ましたり慰めたりしているわけでもなく、本気でそう信じていたようだった。授賞式が終わっても、どうして、とうわごとのように繰り返すばかりで席から立とうとしない。香音は困ってしまって、ぼそぼそと言った。

「ごめんね」

「香音が謝ることないだろう」

お父さんが苦笑まじりに口を挟んだ。

「四位だって、十分すごいよ。よくがんばったな」

家への帰り道、お父さんが運転する車の後部座席で、香音はうとうとしていた。

目を閉じてシートにもたれかかっていたから、助手席からは寝ているように見えたのだろう。お母さんがぽつりと言った。

「もっと現役で活躍してるような先生に教わったほうがいいのかも」

目をつぶったまま、香音は息を詰めた。そんなことない、と心の中で言い返す。南先生以外の先生に習うなんて、考えられない。

「南先生、いいと思うけど？　香音も気に入ってるみたいだし」

お父さんが応えた。

「いい先生だとは思うのよ。ただね、コンクールのための指導ってすごく難しいって聞くから。審査のポイントとか傾向とか、いろいろ考えて手を打たなきゃいけないんだって」

「そこまでがんばらなくてもいいんじゃないの？　別にコンクールがすべてじゃないし」

「のんびりしてる場合じゃないのよ。プロになるんだったら、今のうちからしっかり訓練しておかなきゃ」

　お母さんはむっとしたように反論した。

「プロって、香音はまだ九歳だぞ」

「遅すぎるくらいよ。他の子はみんな、小さいときから本格的な英才教育を受けてるのに」

「なあ、こんなこと言いたくないんだけどさ」

　お父さんの声が半オクターブほど下がった。はらはらして聞いていた香音は、いっそう身を硬くした。

「最近、ちょっとやりすぎじゃないか？」

「やりすぎって？」

「入れこみすぎっていうか、かりかりしすぎっていうか……」

　コンクールの前から、確かにお母さんの様子はおかしかった。

　香音が夏休みの宿題をしていたら、そんなことよりピアノの練習をしなさい、と注意される。お手伝いもやらなくていいと断られる。ラジオ体操もプールも、コンクールまで休むようにとすすめられた。去年までは、ひまさえあればピアノにかじりついている香音を、お母さんのほうからたしなめてきたものだったのに。

「せっかく香音には才能があるんだから、伸ばしてやるのは親の務めでしょ？」

「もちろん、香音がやりたいなら、やらせればいいよ。プロをめざしたいならめざせばいいし、先生を替えたいなら替えてもいい。でも、親ばっかりが先走ってたら、プレッシャーじゃないかな。今日だって、一番がっかりしてるのは本人のはずだよ」

お母さんの返事はなかなか聞こえてこなかった。だいぶ時間が経ってから、ひとりごとのようにささやいた。

「わたしはただ、香音のためを思って」

結局、店員さんに差し出された段ボール箱を、香音は両手で受けとった。どのみち、レッスンが終わる時刻までは家に帰れない。この炎天下、時間をつぶす場所もない。ただでくれると親切に言ってもらっているのだから、厚意に甘えてしまおう。

「よかったら、そちらでどうぞ」

店員さんが奥のテーブルをすすめてくれた。香音は椅子に腰かけて、オルゴールをひとつひとつ聴いてみた。底についているぜんまいを回すと音が鳴る。知っている曲もいくつかあったけれど、そうでないもののほうが多かった。聞き覚えのないメロディーは耳にひっかからずに流れ去り、潔く消えていく。

透明な箱の中には、表面に細かいぶつぶつがついた円柱形の部品と、櫛の歯のようなかたちのひらたい部品が、隣りあわせに配置されている。円柱の突起が歯をはじき、音が出るしくみらしい。

ピアノみたいだ。思いあたり、反射的に目をそらした。なめらかに繰り返されていた旋律が、少しずつぎこちなく間延びして、ついにとまった。

先週、コンクールが終わってはじめてのレッスンで、南先生は心配そうに言った。

「香音ちゃん、大丈夫？　音に、元気がなくなってる」

香音は絶句した。

「香音ちゃんは本当によくがんばったわ。がんばりすぎて、ちょっと疲れちゃったのかもね。無理しないで、しばらくゆっくりしてみたら？」

いたわるように、先生は続けた。

「誰もが一位になれるわけじゃない。ここはそういう世界だから。でも、一位になるためだけに弾くわけでもないのよ」

あれから一週間、香音はほとんどピアノを弾いていない。

どうしても、ピアノの前に座ろうという気分になれなかった。ピアノを弾きはじめて六年間、こんなことは一度もなかった。

全国大会に進めなかったから、落ちこんでいるわけじゃない。それでやる気を失くしたわけでも、自棄《やけ》になっているわけでもない。ただ、自分でも気づいてしまったのだ。わたしの音には元気がない。そんな音を響かせることも、誰かに聴かせることも、耐えられない。

この機会に別の先生に習ってみたらどう、と昨日お母さんに言われた。

黙って首を横に振っただけですませたのは、うまく伝えられる自信がなかったからだ。考えを言葉で言い表すのは、すごく難しい。音楽を使えれば、と香音はいつももどかしく思う。楽器でうれしい音や悲しい音を鳴らして伝えられたら、わかりやすくて簡単なのに。

南先生は悪くない、と本当は言い返したかった。入賞できなかったのは先生のせいじゃない。わたしの力が足りなかった。だからこそ、がんばらなきゃいけないのに。がんばって練習して、上手になって、お母さんや先生を喜ばせたいのに。

「気に入ったもの、ありましたか」

店員さんから声をかけられて、香音はわれに返った。聴き終えたオルゴールが、テーブルの上にばらばらと散乱している。

「すみません、ちょっとまだ」

香音はひやひやしてうつむいた。気を散らしてばかりで、身を入れて選んでいないのがわかってしまっただろうか。ただで持っていっていいと気前よくすすめてくれたのに、気を悪くしたのかもしれない。

「少々、お待ち下さい」

無言で香音を見下ろしていた店員さんが、唐突に言った。

耳もとに手をやって、長めの髪をかきあげる。かたちのいい左右の耳に、透明な器具のようなものがひっかかっていることに、香音ははじめて気づいた。

彼はてきぱきと器具をはずし、テーブルの上に置いた。ことり、と軽い音がした。素材はプラスチックだろうか。めがねの端っこをぱつんと切り落としたような、ゆるいカーヴのついたつるの先に、耳栓に似たまるい部品がくっついている。

変わった器具につい見入っている香音を置いて、店員さんは棚のほうへ歩いていった。新たなオルゴールをひとつ手にとって、戻ってくる。

「これはいかがですか」

自らぜんまいを回してみせる。流れ出したメロディーを聴いて、あっと香音は声を上げてしまった。

「讃美歌？」

ついさっき、教会でひさびさに思い返していた曲だった。聖歌隊の十八番で、日曜礼拝でたびたび伴奏したのだ。

安らかな日々だった。コンクールのことも、南先生のことも、知らなかった。鍵盤に指を走らせるのが、ただただ楽しかった。幼稚園の先生にも、友達やその親たちにも感嘆され、聖歌隊からは感謝され、礼拝の参列者の間でも評判だった。香音ちゃんのピアノは神様の贈りものだ、と園長先生は感慨深げに言ったものだ。大切にしなさい。その力はみんなを幸せにするからね。

オルゴールがとまるのを待って、香音は口を開いた。

「これ、下さい」

「よかった。実は僕も、耳は悪くないんです」

店員さんは目を細め、香音にうなずきかけた。

「すごくいい音で鳴っている」

いい音ね。不意に、南先生の声が香音の耳もとで響いた。ぎゅう、と胸が苦しくなった。

「紙箱があるので、入れますね」

店員さんが腰を上げた。耳の中でこだましている先生の声は気にしないようにして、香音も笑顔をこしらえる。

そこで突然、彼が眉をひそめた。

「ん？」

中腰の姿勢でしげしげと見つめられ、香音はどぎまぎして目をふせた。作り笑いが失敗していただろうか。

「あともうひとつだけ、いいですか」

香音の返事を待たずに、店員さんはせかせかと棚のほうへ歩いていく。


店を出ると、香音は急いで先生の家へ向かった。途中から、ほとんど駆け足になっていた。門が見えてきたときには汗だくで、息がはずんでいた。

そのまま駆け寄ろうとして、つんのめりそうになった。道の先に、香音に負けず劣らず息をきらして走ってくる人影が見えたのだ。

「香音！」

見たこともないようなこわい顔をして駆けてきたお母さんは、立ちすくんでいる香音の前で仁王立ちになった。

香音は無言でうなだれた。足もとのくろぐろとした影が、穴みたいに見える。いっそ飛びこんでしまいたい。

「どれだけ心配したと思ってるの？」

頭の上から降ってきた声は、頼りなく震えていた。

香音はびっくりして顔を上げた。お母さんは怒っているというよりも、途方に暮れたような顔つきになっていた。

「先生も心配してらしたわよ。今までどこにいたの？」

香音がレッスンに来ないと電話を受けて、探しにきたらしい。

「ごめんなさい」

「ねえ、香音。ピアノ、弾きたくないの？」

香音は目をみはり、お母さんを見上げた。

「さっき、電話で先生と少しお話ししたの。ちょっとお休みしてもいいんじゃないかって。先週、香音ともそういう話をしたんだって？」

お母さんが膝を折って香音と目線を合わせた。

「お願い。正直に教えて。お母さん、怒らないから。香音のやりたいようにやってほしいと思ってる」

肩からかけたかばんを、香音は手のひらで軽くなでた。底のほうがぽこりとふくれているのは、角ばった紙箱のせいだ。

店員さんが新しく棚から出してきてくれたオルゴールを聴いて、香音は息をのんだ。バッハでも讃美歌でもない、けれどよく知っている曲が、またもや流れ出したのだった。

「ピアノを習っておられるんですか」

店員さんは優しい声で言った。

「はい」

でも、と言い足すなんて、ふだんの香音なら考えられないことだった。見ず知らずのおとなに、個人的な打ち明け話をするなんて。

このひとになら、わかってもらえるのではないかと思ったのだ。香音の胸の奥底で響いている音楽をみごとに聴きとってみせた、彼になら。

コンクールで落選したこと、ピアノを弾く気力を失っていること、今日レッスンをすっぽかしてしまったことまで、つっかえつっかえ話した。店員さんはなにも言わずに耳を傾けてくれた。それから、ふたつのオルゴールをテーブルに並べ直した。

「どちらでも好きなほうを、どうぞ」

香音は左右のオルゴールを見比べた。洗いざらい話したせいか、いくらか心は軽くなっていた。

深く息を吐き、耳をすます。

「こっちを下さい」

新しく出してもらったほうを、指さした。店員さんが満足そうに目もとをほころばせ、香音が選んだオルゴールを手にとって、ぜんまいを巻いた。

素朴なバイエルの旋律が、香音の耳にしみとおった。

紙箱に入れてもらったオルゴールをかばんにしまうと、香音はお礼もそこそこに店を飛び出した。無性にピアノを弾きたかった。一刻も早く鍵盤にさわりたくてたまらなかった。

お母さんの目をじっと見て、香音は口を開く。

「わたし、ピアノを続けたい」

誰もが一位になれるわけじゃない。先週、南先生は香音にそう言った。ここはそういう世界だから。でも、一位になるためだけに弾くわけでもないのよ。

あのときは、ただ香音を慰めようとしているのだと思った。でもたぶん、そうじゃない。先生は純粋に、事実をありのまま伝えてくれていた。

「もっとうまくなりたいの」

そしてもう一度、いい音を取り戻したい。

先生の言う「そういう世界」に飛びこもうと、香音は自分で決めたのだ。いい音ね、とあの日ほめてもらった瞬間に。

「わかった」

お母さんが香音の頭をひとなでして、腰を伸ばした。

「じゃあ、一緒に先生に謝ろう」

香音はお母さんと並んで、門へと足を踏み出した。どこからか、バイエルの調べが聞こえてくる。

おむかい

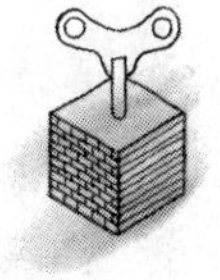

ムカイさんは、いつも突然やってくる。

そろそろかなと予想していたら、ちっとも来ない。来ないだろうと思っている日に限って、ひょっこり来る。近所に棲《す》みついている野良猫みたいに、なんの前ぶれも規則性もなく、ふらりと姿を現すのだ。

顔つきは、猫というより犬っぽい。切れ長の目が若干たれているからだろうか。全体に色素が薄く、瞳も、あごのあたりまで伸びた長めの髪も、茶色がかっている。肌も瑞希《みずき》に負けないくらい白い。それから、なんというか、気配も薄い。ふと気づくと入口のドアの横にぼんやり立っていたりするので、びっくりする。

なかなか男前だと店長は言うけれど、瑞希の好みじゃない。ひょろひょろとやせすぎだし、年齢もよくわからない。瑞希と変わらないようにも、ずっと年上のようにも見える。気になってしまうのは、特別な感情があるからではなくて、いきなり現れるせいだ。たまに一見《いちげん》の観光客が入ってくるのを除けば、この店はほぼ常連で成りたっている。彼らは普通、やってくる曜日や時間帯がおおむね決まっている。

入口から奥に向かって店内を貫くように延びているカウンターを、端から念入りに拭《ふ》きながら、瑞希は横目でドアを見やる。

今週はまだ一度もムカイさんを見ていない。今日あたり来るんじゃないか、という予感ははずれ続けて、土曜日になってしまった。

「瑞希ちゃん、それすんだら看板出してもらえる？」

カウンターの内側から店長が言った。

「はい」

瑞希はカウンター越しに手を伸ばし、流しの傍らにふきんを落とした。

「あと、ツリーもお願いね」

店長もカウンターの外に出てきて、隅に据えられているオーディオ装置の前に立った。あごひげをいじっているのは、考えごとをしているときの癖だ。

入口の脇に置いてある、膝に届くくらいの高さの四角い看板と、これも小さなもみの木の鉢植えを左右の手に持って、瑞希はおもてに出た。細い枝にいくつか赤いリボンを結んだだけの、ささやかな飾りつけのクリスマスツリーが、この店の雰囲気には合っている。

背中でドアを閉めると、陽気なクリスマスソングがぷつんととだえた。きんと鋭い冷気が体を刺す。一瞬だけ息をとめて、ゆるゆると吐いた。漫画のふきだしみたいな白いかたまりがぽかりと宙に浮かび、ふっと溶ける。空を覆うぶあつい雲の隙間から、弱い陽ざしがこぼれている。

狭い路地を挟んだ向かいの店を、瑞希はそっとうかがった。ショーウィンドウの内側は暗い。ムカイさんはまだ出勤していないようだ。

ムカイさんというのは、本名ではない。お向かいの店の主《あるじ》だから、瑞希と店長の間でそう呼んでいる。

自分の店のほうへ向き直り、ツリーの鉢と看板を入口の手前に並べた。空いた両腕を交差させて体を抱き、腰を伸ばす。ドアの上半分にはまったガラスが朝陽を反射して、鏡のようにくっきりと瑞希の上半身を映している。

顔を近づけ、手早く前髪を直した。午前中あたり、ムカイさんが来るかもしれない。日が日だし。先週の木曜に来てからだいぶ経ってるし。でも、そんな気がするってことは、やっぱり来ないかも。

「おはようございます」

後ろから声をかけられ、瑞希は飛びあがった。おそるおそる振り向くと、笑顔のムカイさんが立っていた。

午前中はいつになく忙しかった。

もともと土曜日は客の入りが比較的多い。休日の朝をのんびり過ごす、会社勤めの常連客にまじって、男女のふたり連れが席を埋めているのは、ふだんからよく見られる光景である。この界隈は一応、ロマンチックなデートスポットということになっている。運河や、そのほとりに建つ西洋風の古めかしい建物には、確かに独特の風情がある。目抜き通りに軒を連ねる観光客向けの店のほか、裏路地に隠れ家めいたカフェやしゃれた雑貨屋なんかも増えてきて、瑞希のような地元の若者も遊びにくるようになった。中心街からややはずれた、おしゃれでもなんでもないこの喫茶店にも、そういう客はちらほらとまぎれこんでくる。

が、今日はその比率が明らかに高い。

「すみません、あいにく満席で」

新聞を片手に入ってきたニッケイさんに、瑞希は謝った。

ムカイさんに限らず、常連客には店長が勝手にあだ名をつけている。ニッケイさんのように持ちものに着目する場合もあれば、口癖や外見や、そのひとならではの特徴にちなんで命名する場合もある。

発言のたびに「ありていに言うとね」と決まって前置きするアリティーさん。靴もバッグも指輪の宝石も、髪の色まで紫で統一しているムラサキさん。毎回必ずブルーマウンテンを注文するアオヤマさん。プロ野球の試合結果によって別人のように機嫌がよかったり悪かったりする、関西弁のトラさん。個性的な名前は覚えやすくて便利な反面、うっかり当人に向かってもそう呼びかけてしまいそうになって、ひやりとする。

「いやいや、商売繁盛でなにより。また来るよ」

ニッケイさんは鷹揚《おうよう》に応えてくれたけれど、毎週欠かさず足を運んでもらっている常連客を断るのは、瑞希としても心苦しい。カウンターの真ん中では、十代と思しきカップルがガイドブックを広げ、かれこれ数十分も居座っている。

「クリスマスだもんなあ」

正確には、クリスマスイヴである。幸福そうなふたり連れがまき散らす浮かれた空気が、日頃は静かな店を侵食している。

ニッケイさんを送り出し、カウンターの内側へ戻ったところで、店長に耳打ちされた。

「瑞希ちゃん、笑顔、笑顔」

「すみません」

「瑞希ちゃんは笑ったほうが百倍かわいいからね」

おおまじめに言われて、苦笑した。

「そうそう、その顔でよろしく」

客商売には慣れているつもりだった。

中学生の頃から、実家の酒屋をときどき手伝っていたのだ。住宅街にあり、やってくるのはほとんどが近所に住む古くからの顔なじみで、そこまで扱いづらい客はいない。とはいえ、たまたま虫の居所がよくなかったり、なんとなく相性が悪かったりすることは、やはりある。どんな客であれ、そつなく手際よくさばくすべを、瑞希は店番を通して学んだ。

ただ、酒屋の客は数分、長くても十分程度で店を出ていくのに対して、喫茶店ではそういうわけにいかない。その間ずっと相手をしているわけではないものの、店内に誰かいる限り、気は抜けない。ここでアルバイトをはじめて二年、瑞希の接客の腕前は順調に上がっているはずだ。実家ではなく別のところで働いてみようと決めたのは、悪い考えじゃなかったと思う。

それから、知りあいが来ないというのも、いい。

顔見知りの客は何人もいるが、彼らは瑞希を「酒屋の瑞希ちゃん」ではなく、「店員さん」や「おねえさん」と呼んでくれる。今のところ、瑞希の家族や友達がここへやってきたことは、一度もない。

昼を過ぎた頃、潮がひくように客足がぱったりととだえた。

あくまでコーヒーを主役にしたいという店長の意向で、店ではランチを出さない。軽食も、トーストやサンドイッチといった、手のかからないメニュウに限っている。おかげで、昼どきにかけて店はたいてい空いてきて、瑞希は自分の食事をゆっくりとれる。

「おつかれさま。休憩していいよ」

店長に言われて、いそいそとカウンターの内側にひっこんだ。入口からは死角になる、キッチンの片隅に置いたスツールに腰かけて、かばんから菓子パンを出す。

ふたりだけになると、さっきまでざわめきにまぎれてしまっていた音楽が、急にはっきりと耳に響く。店長は瑞希の分のコーヒーを淹れてくれながら、ジングルベルのメロディーを口ずさんでいる。

「いいよね、クリスマスは」

「そうですか？」

差し出された空色のマグカップを両手で受けとり、瑞希は首をかしげた。声が硬くなってしまった気がして、冗談めかして言い添える。

「忙しすぎるじゃないですか。まあ、お店にとってはありがたいことだけど」

「もちろんありがたいしさ、みんな幸せそうなのがいいじゃない？」

店長がにこにこして答えた。

もうかるとは到底思えないこの店が、それでもほそぼそとやっていけているのは、彼の人柄だろう。ここをはじめる前は、東京で会社勤めをしていたそうだ。定年を迎えたら地元に戻ってきて喫茶店をやろうと、以前から計画していたらしい。

店はもうじき五周年を迎える。ということは、店長はもう六十代半ばのはずだ。年齢のわりに若く見えるのは、髪が豊かなせいだろうか。肌も血色がよく張りがある。ムラサキさんをはじめ年輩の女性客が、店長から話しかけられてうっとりと頬を上気させているところを、瑞希は幾度となく目撃している。

この店に勤め出した頃、どうしてわたしを雇ってくれたんですか、と瑞希は雑談ついでに質問したことがある。高校を卒業した後、一年ほど酒屋で働いていた経験を買ってもらえたのかと思いきや、店長は瑞希の目を見て即答した。

「顔がきれいだから」

それからしばらく、客がとぎれて店内にふたりきりになるたびに、瑞希はどきどきするはめになった。

緊張が解けたのは、数日後のことだ。モデルのような美青年が店にやってきたのだった。店長は彼の肩を抱き寄せ、僕のボーイフレンド、と紹介してくれた。

「ムカイさんは、今日は何時だったっけ？」

香ばしいコーヒーをすすっている瑞希に、店長が思い出したようにたずねた。

「三時です」

お向かいの店にコーヒーを配達するようになったのは、瑞希がこの喫茶店で働きはじめて二、三カ月経った頃だった。

そこになんの店があるのか、それまで瑞希はほとんど気にしていなかった。こちらが開店する朝九時にも、閉店の夜六時にも、向こうのシャッターは下りていて、営業しているのかどうかさえ定かではなかった。足を踏み入れることはおろか、ショーウィンドウをのぞいたこともなく、当然ながら店主のことも知らなかった。

彼がはじめて客としてやってきたときにも、見慣れない顔だなと思っただけで、特に気にもとめなかった。会計の段になって、ためらいがちに話しかけられるまでは。

「あの、コーヒーの持ち帰りって、できますか？」

「申し訳ありませんが、できません」

瑞希はそっけなく答えた。非常識な客だ。この店がまえを見れば、一目瞭然だろう。海外資本のチェーン店とは違う。

「じゃあ、配達とかは」

「やってません」

きっぱりと答えつつ、このへんに住んでるのかな、とちょっと意表をつかれた。地元の住人には見えない。それとも、家じゃなくて職場が近いのか。

よその土地からこの街へ移住して商売をはじめる人々が増えてきた時期だった。市の政策で、観光資源でもある歴史的建造物を店舗として使えるように改修し、積極的に誘致を進めたらしい。結果、地域に溶けこみ繁盛する店がある一方で、経営が成りたたなかったり近隣ともめたりで、早々につぶれてしまうところも少なくなかった。実家の酒屋は繁華街から離れていて、そばに新しい店ができるようなことはなかったが、商業組合や客を通してさまざまなうわさが流れてきた。

都会からふらっと来て、学生の文化祭みたいな感覚で店を開いちゃうんだよな。あきれたような感心したような口ぶりで、瑞希の父親は言った。最近の若いひとは身軽だものね、と母親はおざなりな相槌を打っていた。そういう店に、瑞希自身も何度か入ったことがある。手作りのぬくもりがある、言い換えればしろうとくさい店内で、初々しい店主が懸命に相手をしてくれる。悪いひとたちではない。むしろ、いいひとすぎるように見えた。半面、なんだかふわふわしていて、危なっかしい。

「そうですか。困ったな」

彼はもじもじとうつむいて、空になったカップをもてあそんだ。

「だけど、僕はこんなにおいしく淹れられないから……」

どうも話がかみあっていない。コーヒーを飲みたければ店に来ればいい。瑞希が言い返そうとしたところで、押し問答を見かねたのか、単にほめられて気をよくしたのか、店長がカウンター越しに助け舟を出してくれた。

「すみませんね。ご覧のとおり、小さい店ですから。持ち運びするような容れものなんかも用意してないですし」

「ああ、それは大丈夫です」

彼はほっとしたように応えた。

「僕の店、そこなので」

すっと腕を上げて、入口のドアを――正確には、ガラスを通してその向こうを――指さしてみせた。

「オルゴール屋、か」

彼が出ていった後で、店長は首をひねっていた。

「こないだまでは古道具屋だったはずだけど、いつのまに変わったんだろう。全然気づかなかった」

瑞希と同じく、向かいの店にはほとんど注意をはらっていなかったようだった。それにしても引っ越しやらなにやらあっただろうに、なんにも気がつかなかったなんて、店長もわりとのんきだ。

三時きっかりに、店内でも使っている銀色の盆にコーヒーカップを二客のせ、瑞希は喫茶店を出た。陶器のミルクピッチャーと砂糖つぼも添えてあるので、けっこう重い。コーヒーをソーサーにこぼしてしまわないように、すり足ぎみで道を横ぎる。

朝よりもまた一段と冷えこんでいる。灰色の雲に陽ざしがさえぎられ、夕方のようにほの暗い。そのうち雪が降ってくるかもしれない。

右腕で盆を支え、左手でドアノブをひっぱると、からん、と慎ましくベルが鳴った。奥のテーブルに、男女の客がひとりずつ、入口を背にして座っている。彼らの向かいに腰かけ、なにやら説明していたムカイさんが、瑞希に気づいてわずかに目もとをゆるめた。

ムカイさんの声は大きくないのに、よく通る。他に音がしないせいもあるだろうか。オルゴール店といえば、なんとなく音楽がかかっているような印象があったけれど、ここは常に静かだ。試聴のじゃまにならないように無音にしているのだと前に教わった。

その他にも、店にはいろいろとこだわりがある。照明がしぼられているのは、明るすぎると音に集中できないから。オルゴールの見本をびっしりと棚に並べてあるのは、できるだけ多くの曲を聴いてみてほしいから。そして接客中にコーヒーを出すのは、なるべくくつろいでもらいたいから、だそうだ。

「そのほうが、よく聞こえるんです」

ムカイさんに言われて、瑞希は面食らった。

「よく聞こえる?」

「はい。オーダーメイドの場合、お客様の心の中に流れている音楽を聴かせてもらうことも多いので」

ますます、意味がわからない。

「よかったら、試してみますか」

彼が身を乗り出した。

「まあ、また機会があれば」

瑞希はあいまいに言葉を濁して退散した。買う気がないと伝わったのだろう、以来、オルゴールを売りこまれることはなかった。心の中の音楽とやらについても、確かめずじまいになっている。同業者の間でだけ使われる、隠語か専門用語だろうか。不用意に質問してやぶへびになっても困るので、そっとしておくことにしたのだった。

瑞希がテーブルの横に立つと、ふたりの客は目だけをこちらに向けた。

一礼し、まず女性のほうからコーヒーを出した。店長が選んだカップは同じ模様の色違いで、ひとつはピンク、もう片方には水色の小花が、すべすべした白磁に散っている。ピンクのほうをソーサーごと盆からテーブルに移し、砂糖とミルクもそばに並べた。

ぺこりと頭を下げた彼女は、瑞希と同年代のようだった。学生か、それとも社会人だろうか。柔和そうな色白の丸顔に、赤い半袖のニットがよく似合っている。

「説明は、以上になります」

ムカイさんがきびきびと言った。日頃はひかえめな物腰で、喫茶店でもどこか所在なげに見えるのに、自分の店でオルゴールの話をするときだけはやけに堂々としている。

「やっぱり、お任せのオーダーメイドっていうのが気になるな」

「ね。そんなことができるなんて……」

客のふたりは小声で言いかわしている。瑞希は連れの男の側へ回り、コーヒーを置いた。

「できますよ」

ムカイさんが自信たっぷりに言いきった。

「じゃあせっかくだから、お願いしてみようかな」

応えた男性客の横顔に、なんの気なしに目をやって、瑞希は空になった盆を取り落としかけた。ユウヤ、と声がもれそうになるのを、なんとかこらえる。


ユウヤとは、高校二年のときにつきあいはじめ、それから二年半をともに過ごし、おととしのクリスマスに別れた。

もっとも、最後の半年あまりに関しては、ともに、とはいえないかもしれない。ユウヤが市外の大学に進み、瑞希のほうは実家の店で本格的に働き出して、会える時間はかなり減っていた。

減ったのは、会える時間だけではない。顔を合わせても、共通の話題を探すのに苦労するようになった。高校時代は毎日同じ教室で過ごしていたのに、いきなりお互いの環境ががらりと変わってしまったのだから、無理もない。しかも、それぞれが選んだ新しい道は、相手にとっては未知のものだった。ユウヤにいくら熱っぽく説明されても、大学というのがどんなところなのか、瑞希にはうまく想像できなかった。正直にいえば、あまり関心もなかった。そこに溶けこもうと奮闘している恋人に、共感もできなかった。たぶん向こうは向こうで、似たような気持ちを抱えていたのだろう。

よくある話だ。

そのうちに、ユウヤは大学について、瑞希は仕事について、ほとんど話さなくなった。過去の思い出話か、もしくは現在をとりあえず飛ばして将来の話をした。

「ユウヤは卒業したらどうするの？」

「どうだろう、このへんで就職するかな」

ユウヤの返事に、瑞希はほっとした。あと何年かしたら、わたしたちはまたそばにいられるようになる。職場は違うにしても、同じ社会人として働いていれば、ぴったり息の合ったふたりに戻れる。今だけちょっとがまんすれば、また一本道に合流できるのだ。

大学が夏休みに入ると、それまでよりは頻繁に会えるようになった。瑞希の休日に合わせ、ふたりで買いものに出かけたり、ユウヤのバイクで海までドライブしたり、このあたりをぶらついたりもした。休みの間も、サッカーだかフットサルだかのサークル活動で、ユウヤはたびたび大学に足を運んでいた。上級生が多いそうで、先輩からなんでも教えてもらえて助かるんだ、と誇らしそうに言っていた。

そこで影響を受けたのだろう。

「就職するんだったら、やっぱ東京のほうがいいかも」

夏が終わろうとする頃になって、ユウヤは言い出した。

「東京？」

瑞希は仰天した。話が違う。

「会社の数とか、けた違いだし。やれることが広がりそう」

「ユウヤ、なにがやりたいの？」

思わずたずねた。

「それは、これから考えるけど」

ユウヤはばつが悪そうに顔をしかめ、ついでのように言い添えた。

「瑞希も来れば？」

「わたしが？　なんで？」

「そんないやそうな顔しなくても。ちょっと言ってみただけだよ。まあ、瑞希は地元愛が強いもんなあ」

わざとらしくおどけた調子で、肩をすくめてみせた。

どう答えたのだったか、瑞希は覚えていない。いらだちをおさえつけるのに、せいいっぱいだったから。

確かにわたしはここを気に入っている。家族も友達もいるし、見慣れた景色を眺めれば安心できる。居心地のいい実家の店で、看板娘としてのんびり働いているように、傍目《はため》には見えるのかもしれない。

　でも瑞希だって、このままでいいのかな、と不安になるときはあるのだ。わたしのやりたいことってなんだろう、と悩むときもある。なんの屈託もなく満足しきって暮らしているかのように言われたくない。ましてや、こんなに狭い町しか知らずにかわいそうだと、憐れまれる筋あいもない。

　以来、地元愛という言葉が、ことあるごとに瑞希の脳裏をよぎるようになってしまった。ユウヤと会っている間だけではなく、店で働いているときにまで。

　顔見知りの客は、ひっきりなしにやってくる。えらいね、働いてるんだ、と中学や高校の同級生にはほめられる。あるいは、安定した仕事があっていいな、と無邪気にうらやましがられる。瑞希ちゃんも立派になって、と常連たちはこぞって目を細める。親孝行な娘さんでこれからも安泰ね、とからかわれた父親は、照れながらも相好《そうごう》をくずしていた。

　誰も悪気はない。おそらく他意もない。けれど、今の自分を肯定されればされるほど、瑞希は息苦しくてしかたがなかった。

　秋になって大学がはじまってからは、ユウヤと顔を合わせる機会は再び間遠になった。ひさしぶりに会ったクリスマスイヴに、別れたいと切り出したのは瑞希だったが、ユウヤも拒みはしなかった。

ひとりになって運河沿いをでたらめに歩いていたら、どこからか、とてもいいにおいが漂ってきた。コーヒーだった。ふらふらと近づいた喫茶店のドアには、アルバイト募集の貼り紙があった。

「あの、大丈夫ですか？」

ムカイさんの心配そうな声で、瑞希はわれに返った。

まるい盆を胸に抱き、テーブルについている三人をぼんやりと見回す。みんな、困惑したように首をかしげ、瑞希を見上げている。ムカイさんも、女性客も、それから男性客も。

よく見たら、彼はそれほどユウヤに似ていない。

喫茶店に戻ってからは、午前中にもまして忙しかった。やっと客がとぎれたのは、五時を回った頃だった。

「今日はそろそろ閉めちゃおうか。これから新しいお客さんが入って、長居されても困るし」

店長が言った。心なしか、そわそわしている。今夜は約束があるのだろう。

現在の恋人は、瑞希が最初にひきあわされた美青年ではなく、筋骨たくましい大男である。

店長の趣味にはいまひとつ一貫性が感じられない。他にも二、三人、店を訪ねてきたところを紹介されたが、スーツをぴしりと着こなした会社員ふうもいれば、長髪にサングラスをかけたミュージシャンもいた。

「恋多き男ですね」

からかいまじりに嘆息した瑞希に、店長はぴしゃりと反撃した。

「瑞希ちゃんもがんばりなさい、若いんだから」

ユウヤと別れた後、瑞希は特定の相手とはつきあっていない。直接打ち明けたわけではないけれど、勘の鋭い店長にはきっとお見通しなのだろう。

誘われることは、たまにある。喫茶店の客から連絡先のメモをこっそり渡されたり、近所でかつてのクラスメイトとばったり出くわして、飲みにいこうと持ちかけられたりもする。自慢じゃないが、男子の間でまったく人気がないわけでもなかったのだ。中学や高校の同窓会も定期的に開かれているから、顔を出してみれば、休日を一緒に過ごす相手くらいは見つかるかもしれない。

でも、どういうわけか、やる気が出ない。

ユウヤを忘れられないわけじゃない。あんなやつに未練もない。ただ、また同じことを繰り返すのは、むなしい。いずれこの土地を去っていく人間と親しくなっても、不毛なだけじゃないか。かといって、一生ここで暮らそうと思い定めている相手と地元愛を確かめあう気にもなれない。

「よし、看板しまおうか」

「あ、わたしがやりますよ」

カウンターから出てこようとした店長を制し、瑞希は入口へと近づいた。

「そうだ、カップも回収してこないと」

ドアのガラス越しに外をのぞく。向かいの店も、まだシャッターは下りていない。

「誘われるかもよ？　ごはんとか」

店長がいたずらっぽく言う。瑞希はぶんぶんと首を振った。

「まさか。ないですよ」

ムカイさんとは、簡単な会話はかわすようになった。オーダーメイドのオルゴールを買い求める客はそこまで多くないようで、配達の注文は月に数回しか入らないものの、本人も時折コーヒーを飲みにやってくる。ただし、個人的なつきあいはない。連絡先も、本名すら知らないのだ。

「じゃあ、こっちから誘ってみれば？」

「ないです、ないです」

「ないの？　だけど瑞希ちゃん、あの子が来ると挙動不審になってるよね？」

店長がつまらなそうに口をとがらせた。

「だって、いつもいきなりじゃないですか」

「それは他のお客さんも同じでしょ。予約してくるような店じゃないし。ぐずぐずしてるうちに、どっか行っちゃったらどうするの」

世間話の合間に、ムカイさんの経歴も少しずつ聞いた。今の場所で店を開いたのは、瑞希がこの喫茶店で働きはじめる一年ほど前らしい。よその土地から移ってきたそうで、もといた地名も教えてもらったが、瑞希は知らなかった。移転ははじめてではなく、これまでにもいくつかの街を転々としてきたという。

あんまりもうからないのかもね。そばで話を聞いていた店長は、後から気の毒がっていた。喫茶店と違って、リピーターもつきにくいだろうしね。

そうでなくても、ある日ふらりとどこかへ行ってしまいそうな雰囲気を、ムカイさんはそこはかとなく漂わせている。当人がそんなふうに言ったわけではないけれど、瑞希にはわかる。たぶん、ここにいつまでもとどまるひとじゃない。

「ちょっと行ってきますね」

さっきも使った盆を抱えて、瑞希は外へ出た。寒くて自然に早足になる。駆けこむような勢いで、オルゴール店のドアを開けた。

二時間前と同じ場所、奥のテーブルの向こうに、ムカイさんは頬杖をついて座っていた。

「おつかれさまです」

ぱっとしない挨拶だと自覚しながらも、いつも瑞希はこう言ってしまう。客がいなくなった店で、彼はぐったりと疲れているように見えるのだ。ふだんは口数が少ないほうだから、あれだけ熱心に話し続けたら、くたびれて当然なのかもしれない。

「ああ、どうも」

ムカイさんが軽く頭を下げた。

今日はことのほか元気がないようだ。コーヒーカップや砂糖つぼも、瑞希が置いたままの位置に放ってある。たいがい、片づけやすいようにまとめて、テーブルの端に寄せておいてくれるのに。

クリスマスのせいだったりして、と瑞希はちらりと考えた。みんな幸せそうだと店長は言っていたが、そうじゃない人間も世の中にはいる。誘われるかもよ、という思わせぶりな声もついでによみがえり、あわてて打ち消す。

テーブルのそばまで近づくと、さらにもうひとつ、珍しいことがあった。ふたつのコーヒーカップの中身が、どちらもほとんど減っていない。

「すみません」

瑞希の視線を追ったムカイさんが、申し訳なさそうに謝った。瑞希は急いで首を振った。彼のせいじゃない。

「お口に合わなかったでしょうか？」

「いえ、そういうわけではなくて……」

彼は口ごもり、悲しそうに続けた。

「飲んでもらう時間がなかったんです」

ふたりはあの後すぐに、オルゴールを作ることなく店を立ち去ったそうだ。

「つきあいはじめて一周年の記念に、オルゴールを作りたいという希望だったんです」

ムカイさんはしょんぼりと言う。

「あの男性は趣味でバンドを組んでいて、自分で作曲もするそうです。その中でも気に入っている作品を使いたいという話でした。でも僕が、心の中に流れている音楽で作ることもできると説明したら、興味をひかれたようで」

前々からの疑問を、瑞希はとうとうぶつけてみた。

「その、心の中に流れている音楽っていうのは……」

「お客様の心の中に流れている曲です」

ムカイさんが即答した。

質問のしかたがまずかったようだ。でも、いつになく饒舌(じょうぜつ)になっている彼に、何度も水を差すのも気がひける。強く心に残っている曲というような意味だろう、とさしあたり解釈することにして、瑞希は話の続きに耳を傾ける。

「そういうわけで、彼女の心に流れている曲で作ることになったんですが」

通常、オーダーメイドのオルゴールは、できあがった段階で現物を試聴してもらう。そこで不具合があれば、また手直しをするのだ。ところが彼は、どうしても明日、クリスマス当日に、このオルゴールを贈りたいという。

「すぐに作業にとりかかれば、まにあわなくもありません。ただ、もし明日になって直したいと言われると困ります。それで念のため、あらかじめメロディーを確認することにしました」

テーブルの隅に置かれている小さなキーボードを、ムカイさんは指さした。

「僕が聞こえたままを弾いてみせたら、彼はぽかんとしました」

「え？」

「それは彼の自作の曲ではなかった。自作どころか、まったく違うジャンルの、しかも彼がきらいな曲だったらしくて」

彼女のほうも、呆然と目をみはっていた。気を取り直した彼が問いただしたところ、他の男性との思い出の曲だと白状したそうだ。オルゴールどころではなくなってしまったようで、ふたりはそのまま店を出ていった。

「悪いことをしてしまいました。仲直りできてるといいんですけど」

ムカイさんはがっくりと肩を落としてしょげている。

「大丈夫ですよ」

彼がどうやって見知らぬ女性客の「思い出の曲」をあててみせたのかはさておき、瑞希はとりあえず励ました。

「一年もつきあってたら、たまにはけんかもしますって。それにあの彼女、彼のことがすごく好きみたいでしたよ」

いとおしそうなまなざしを、瑞希は間近で見た。たまたま昔の恋人と聴いた曲の印象が強かっただけで、今の彼女の気持ちはまっすぐ彼に向かっているんじゃないか。

「確かに彼女も、一生懸命に弁解してました。説明させてほしい、って。今まで話していなかったこともあるけど、とにかく聞いてほしいって」

「でしょう？　それなら心配ないですよ。むしろ、いいきっかけになったかも」

「でも、うまくいくかどうか。彼はかなり動揺してるみたいでしたし」

ムカイさんは相変わらずしゅんとうなだれている。どうにか元気づけられないものかと思案して、瑞希はひらめいた。

「ちょっと待ってて下さい」

返事は待たず、喫茶店へ駆け戻った。コーヒーをもう一杯だけ淹れてほしいと頼むと、帰りじたくをはじめていた店長は目をまるくした。

瑞希が手渡した深緑色のマグカップに、ムカイさんはふうふうと息を吹きかけた。

「おいしい」

ひと口すすり、しみじみと言う。

「あ、すみません。先に飲んじゃって」

「いえいえ、ご遠慮なく」

首を振った瑞希に向かって、彼がマグカップを持った手を差し出した。

「じゃあ、乾杯」

こちん、とかすかな音がした。瑞希のマグカップは、鮮やかな赤だ。

一杯、と瑞希は言ったのに、店長はふたり分のコーヒーを用意してくれたのだった。僕からのクリスマスプレゼントだから遠慮しないで。ゆっくり話しておいでよ。店の戸締りだけよろしくね。有無を言わさずたたみかけ、いってらっしゃい、と愉快そうに手を振った。

色違いのマグカップを両手に持って戻ってきた瑞希を見て、ムカイさんは珍しくテーブルのこちら側に出てきた。先ほどの客たちが座っていた椅子に、ふたり並んで腰かけた。

「こんな大きいカップで飲むの、はじめてですね」

実はそれも、店長のはからいである。飲み終えるまでに時間がかかるでしょ、と得意げに笑っていた。

時間をかけて、いったいなにを話したらいいだろう。

「たまにあるんです、トラブルは」

ムカイさんが口を開いた。

「本当は、自分で曲を指定してもらったほうがいいのかもしれない。実際、そう希望されるお客様もいますし。でも、せっかくうちの店に来てもらったんだから、ここでしかできないことをおすすめしたい気持ちもあって」

「あの、ちょっとよくわからないんですけど」

瑞希は慎重に口を挟んだ。

「好きな曲と、心の中で流れている曲っていうのは、違うんですか?」

「もちろん同じ場合もあります。でも僕の経験では、違ってるほうが多い気がします」

ムカイさんが考えこむように首をかしげ、言い足した。

「記憶もそうですよね？　うれしい思い出だけが強く残るとは限らない。悲しいできごとをずっと忘れられないこともある。本人が覚えていたいかどうかは別として」

「なるほど」

それなら、瑞希にも少しわかる。でも。

「それが聞こえるんですか？」

ムカイさんは照れくさそうに、小さく笑った。

「うそみたいでしょう？　だけど本当なんです。僕は生まれつき耳がいいみたいで」

マグカップをテーブルに置いて、耳もとに手をやる。長めの髪を耳にかけると、そこには透明ななにかがひっかかっていた。

左右の耳にひとつずつ、同じものがついている。彼は慣れた手つきでそれらをはずし、マグカップの横に並べた。透明なものははじめてだけれど、かたちには瑞希も見覚えがあった。喫茶店にやってくる年輩の客の耳にも、たまにくっついている。

しかし、たった今、ムカイさんは自分で耳がいいと言ったばかりだ。

「これ、かたちは補聴器みたいですけど、機能は違うんです。あ、音の大きさを調整するっていう意味では同じなんですが」

瑞希の当惑を見透かしたかのように、彼は言った。

「ただ僕の場合はちょっと特殊で。聞こえにくいんじゃなくて、聞こえすぎるんです」

なにもつけないでいると、ムカイさんの耳には音楽が聞こえてくるという。そばにいる人間の、心の中に流れている音楽が。

「そばっていっても、聞こえる範囲は日によってばらばらですけどね。店の中までだったり、もっと遠くからも聞こえてきたり」

どう応えたらいいのか、瑞希はとっさにわからなかった。そんな話は聞いたこともない。かといって、彼は瑞希をからかっているようにも、でまかせを口にしているようにも見えない。真剣な目で、瑞希の顔をじいっとのぞきこんでいる。

「ひとりやふたりならいいんだけど、大勢になると、もう本当に騒々しくて。街に出たり電車に乗ったりするときなんかは、緊張します。これをつけてるってわかってても、何度もさわって確かめたりして」

ムカイさんがテーブルに置いた器具に指先でふれた。

「あの、それは超能力みたいなものですか」

瑞希はかろうじて聞いてみた。

「いえ。聴力の問題のようです」

やっぱりよくわからない。けれど現にムカイさんは、さっきの女性の心の音楽とやらを聴きとったのだ。これまでにも同じ方法で商売を続けてきたわけだし、なんらかの能力が備わっているんだろう。お客さんはともかく、わたしをだましたって、なんの得にもならない。

「音の大きさもなんですが、いろんな曲がごちゃまぜになってるっていうのがまた、きつくて」

ムカイさんがぶるんと身震いをして、壁際の棚を見やった。

「言ってみれば、ここのオルゴールがいっせいに鳴ってるようなものなんで」

瑞希もつられて店内を見回した。想像してみる。静寂に包まれたこの店で、棚にびっしりと並んだオルゴールが、てんでに鳴り出したとしたら。

「それは確かに、うるさそうですね」

ムカイさんが瑞希のほうに向き直り、深く息を吐いた。

「ああ、よかった」

「はい?」

「この話、信じてもらえないかもしれないと思ってたので」

「お客さんにも、こんなふうに説明してるんですか?」

瑞希はたずねた。それこそ、なにかの詐欺ではないかとうさんくさがられそうだ。

「いいえ。できあがったオルゴールを渡すだけです」

「どうしてわかったのかって、聞かれません？」

「めったに聞かれませんね。もし聞かれても、耳がいいからと答えれば大丈夫です」

ムカイさんはあっさりと言う。

「そのひとにとっては個人的に思い入れのある曲なのに？」

「いや、思い入れがあるかどうかは、場合によりけりです」

「場合によりけり？」

「必ずしも、音楽そのものに思い入れがあるとは限りません。人生の大事な場面でたまたま流れていた曲が、意外に長く心に残ることもある」

考え考え、ムカイさんは言葉を継いでいく。

「でも音楽ってそういうものかもしれません。印象的な思い出の後ろで、鳴っている。反対に、その思い出を呼び起こすこともできる」

そう言われてみれば、音楽にとりたてて関心のない瑞希でさえ、過去の流行歌を耳にした拍子に、当時のできごとが前ぶれもなくよみがえってくることはある。

「この業界では、思い出の伴奏、と言ったりもします」

「いいお仕事ですね」

瑞希は言った。思いのほか、心のこもった口調になった。

ゆだんすると無秩序な音の洪水にのみこまれてしまうというのは大変そうだけれど、特別な能力と専門技術を活かして世界にたったひとつの品を作りあげていくなんて、やりがいがあるだろう。ムカイさんは腕に——耳に？——自信があるからこそ、渡り鳥のように自由に、見知らぬ街から街へと飛んでいけるのかもしれない。そのしなやかな翼が、潔く風に乗って羽ばたける勇気が、瑞希にはうらやましい。

ムカイさんはなんとも答えず、透明な器具をテーブルからつまみあげた。右、左と順に装着し、最後にゆるく頭を振ると、耳もとにさらりと髪がかぶさって見えなくなった。

むだのない動きを眺めているうちに、ふと瑞希の頭に疑問が浮かんだ。器具をつけていない間は、彼の耳には他人の音楽が聞こえるという。だとすると、まさに今さっきまで、わたしの音楽も聞こえていたんだろうか？

なんの曲だったか質問しようとして、思い直した。どうせたいしたものじゃない。ユウヤの好きだったロックバンドの曲だったりしたら、笑えない。瑞希自身はさっぱり音楽に詳しくない。来る日も来る日も、店長が流すジャズをさんざん聴かされて、多少は興味がわいてきてもいいはずなのに、そんな気配もない。

「前に、お母さんと三歳くらいの男の子に飲みものを出してもらったこと、覚えてます？」

マグカップを手に、ムカイさんが言った。

「ああ、お子さんはジュースでしたよね」

コーヒー以外の飲みものを注文される機会はほとんどないので、印象に残っている。あれはまだ配達をはじめてまもない頃だった。

「あの子は、お母さんの子守唄でした。あと、バンドをやってる学生さんたちも、おもしろかったな。それぞれ担当の楽器が鳴ってて」

時には、ひとりの客から複数の音楽が聞こえることもあるという。ピアノを習っている小学生からは、彼女が弾いたことのある曲がいくつも聞こえた。なぜかクラシック音楽と渋い演歌がかわりばんこに流れている男性客もいたらしい。

「いろいろなんですね」

「ええ。いろいろです」

ムカイさんがコーヒーを飲み干した。マグカップを両手でおしいただき、瑞希の正面に置く。

「ごちそうさまでした」

なにげなく腕時計に目をやって、瑞希は息をのんだ。もうじき七時になろうとしている。すっかり長居してしまった。

「ながながとおじゃましてしまって、すみません」

あたふたと立ちあがり、喫茶店から持ってきたものをかき集めて盆にのせる。

「あ、待って下さい。お会計を」

「いいです、いいです。いつもご利用いただいてますし」

どっちみち、これは店長のおごりだし。

「いいんですか？」

困ったように瑞希を見守っていたムカイさんが、そうだ、とつぶやいて腰を上げた。棚からオルゴールをひとつとってきて、盆の隅にぽんと置く。

「これ、よかったらどうぞ」

「いいんですか？」

今度は瑞希が遠慮する番だった。彼は真顔で答えた。

「ぜひ。もらっていただけると、うれしいです」

「ありがとうございます」

瑞希は深く頭を下げて、両手で盆を持ちあげた。ムカイさんが先に立ち、入口のドアを開けてくれた。

「お気をつけて」

言いながら、空を見上げる。

「あ。雪だ」

瑞希も頭上をあおいだ。黒い空から、真っ白な粉雪がちらちらと舞い落ちてくる。


喫茶店に戻るなり、さっそくオルゴールを聴いてみた。透明な箱をひっくり返し、底のぜんまいを巻いて、カウンターに置き直した。静まり返った店の中に、可憐な高い音が流れ出す。


なんの曲かわかったとたんに、力が抜けた。

よく知っている旋律だった。知っているどころではない。ここひと月ほど、ほぼ毎日、繰り返し耳にしている。させられている、といってもいい。

「なあんだ」

がらんとした店内に、間の抜けた声がうつろに響いた。

ありふれたクリスマスソングだ。子どもでも知っている、有名で平凡な曲は、店長が今日もかけていたレコードにも入っている。

カウンターの内側に回り、流しの蛇口をひねると、オルゴールは水音にかき消された。汚れた食器を次々に洗う。勢いよく流れる水を手のひらに受けているうちに、頭も冷えてきた。

ばかみたい、と思う。がっかりするなんて、ばかみたい。

わたしのためだけの特別な音楽が流れてくるなんて、どうして期待したんだろう。あの店でとっておきのオルゴールを作ってもらったというお客さんたちの話を聞いて、勘違いしてしまった。そもそもムカイさんだって、これがそういうオルゴールだなんて、ひとことも言っていなかった。クリスマスだからクリスマスの歌を、機械的に選んだだけだ。

あるいは、ひょっとしたら、わたしからはなんの音楽も聞こえてこなかったのかもしれない。自分でもこれといって心あたりがないわけだし、ありうる。いくら耳のいいムカイさんでも、鳴っていない音を聴きとることはできない。

手がすべり、泡にまみれた赤いマグカップが流しの中にごろんと転がった。耳ざわりな不協和音をものともせずに、明るいメロディーはまだしつこく頭の中を回っている。オルゴールはもうとっくにとまっているのに。

うんざりしてカップを拾いあげ、点検する。割れても欠けてもいない。すすぎ直してかごにふせたところで、また別の可能性に思いいたった。

わたしの心の中では、ほんとにこの曲が鳴ってるんだったりして。

最近、店ではひたすらクリスマスソングばかりが流れていた。飽きるほど聴かされていた音楽が、いつのまにか耳についてしまっていてもおかしくない。

そうか、そういうことだったのか。すっきりしたような、拍子抜けしたような気分で、瑞希は緑のマグカップを手にとった。なんとはなしに顔を上げる。カウンターの上に、透明な箱が置きっぱなしになっている。

はっとした。

それを渡してくれたムカイさんの顔が、目の前にありありと浮かんでいた。同時に、彼の言葉も思い出す。人生の大事な場面でたまたま流れていた曲が、心に残ることもある。音楽は印象的な思い出を呼び起こす。

ムカイさんはオルゴールを贈ってくれた張本人だ。ついさっきまで、面と向かって喋ってもいた。この旋律から彼を連想しても不自然じゃない。

でもたぶん、この音楽はもっと前から、わたしの心の中に流れていた。

カウンター越しに、無人の店内を見渡す。何度も何度も繰り返されるクリスマスソングを聞き流し、ここで忙しく立ち働きながら、わたしはなにかにつけてムカイさんのことを考えていた。何度も何度も、飽きもせずに。

洗いものを中断して、瑞希は店から飛び出した。夢中で前の道に走り出て、左右を見回す。少しの間に雪がずいぶん激しくなっている。白くかすんだ視界の先に、運河のほうへ歩いていく後ろ姿を見つけた。

「待って！」

瑞希は叫んだ。降りしきる雪の中、ムカイさんがゆっくりと振り向いた。

おさきに

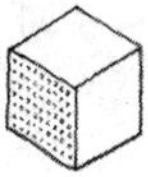

居間のドアを開けると、薄暗い中で赤いランプが点滅していた。

康則《やすのり》は両手に抱えた荷物を床に下ろし、留守番電話の再生ボタンを押した。ピー、と機械音が不吉に響く。

メッセージガ、二件、入ッテイマス。

ぶつぎりの人工音声がそっけなく告げた。大丈夫だ、と自分に言い聞かせる。もし緊急の用件なら、携帯電話のほうにかかってくるはずだ。操作が簡単でご年輩のお客様にも人気の機種です、とすすめられるままに契約した、おもちゃのような機械に。

一件目、今日ノ、午後、一時四〇分デス。

「ビューティーサロンマキノでございます」

しゃがれた中年女の声が流れ出す。ビューティーサロン、と耳慣れない単語を頭の中で復唱し、マキノ、と続けたところで、同じ町内にある年季の入った美容院の店がまえが浮かんだ。

「本日朝十時からご予約をいただいていましたが、お見えにならなかったので連絡さしあげました。予約のときに行き違いがあったのかもしれません。よかったらお電話下さい」

二件目、今日ノ、午後、三時八分デス。

「初子《はつこ》です。ついさっき帰ってきて、さゆりに話を聞きました」

あからさまに動揺のにじんだ義姉の声を耳にして、康則は詰めていた息をゆっくりと吐いた。

部屋が暗すぎる。遅ればせながら気づいて、電気をつけた。白い光が散らかった室内を照らし出す。食卓の上には郵便物が積みあがり、ごみ箱から弁当や惣菜の空き容器があふれそうになっている。食堂と続きになった居間のソファは、脱ぎ捨てた上着やコンビニ袋に占領されて座る余地もない。

「命には別状ないって、本当よね？　今はどんな様子？　康則さんも不自由はない？」

義姉はふだんの早口をさらに加速させ、一方的に質問を重ねていく。

「とりあえず、週明けにうかがいます。十日の月曜日、できれば午後一番には着くように」

電話機の真上の壁にかけてあるカレンダーに目を移して、康則は首をかしげた。

十日は月曜ではなく、金曜である。日にちか曜日、どちらかを勘違いしているようだ。義姉らしくもないけれど、それだけ動転しているということなのだろう。

「またあらためて、お電話します」

ピー、とまた電子音が鳴って、部屋に静寂が戻った。

いや違う。思い直し、康則はカレンダーに手を伸ばした。勘違いしているのは——おそらく、より動転しているのも——こっちのほうだ。

一枚めくると、十一月の予定表が現れた。こまごまと書きこみの入っていた十月のそれと違って、ほとんど空白に近い。七日のところに、マキノ(10時)、と書いてあるくらいだ。

十月のページを破りとって捨て、十一月十日の欄に、おねえさん、と書き入れる。

そこで、もう一カ所だけ書きこみを見つけた。二十五日の火曜日の、日付の数字がまるで囲まれている。

なんのしるしだろう。再び首をひねっていたら、けたたましい音で電話が鳴りはじめた。

あわてて受話器をとる。

「もしもし、康則さん? 昼間にもお電話したんですけどね」

義姉がせかせかと話し出した。

　十一月十日、義姉は約束したとおり、一時過ぎに現れた。壁も床もカーテンも白い、うっすらと消毒薬のにおいが漂う個室に、鮮やかな青いツーピース姿で勇ましく飛びこんできた。ちょうど昼食が終わったところだった。絹子《きぬこ》はベッドの上で枕を背中にあてがって座り、康則は傍らのパイプ椅子に腰かけていた。

「ちょっと絹ちゃん、大丈夫なの？」

　義姉はつかつかと枕もとまで歩み寄り、妹の顔に顔をずいと寄せて、探るようにじろじろと眺めた。

「どうしてもっと早く知らせてくれなかったのよ」

　絹子が入院したのは二週間前、義姉がヨーロッパ旅行に出発した直後だった。

　彼女の子どもたち、康則と絹子にとっては姪と甥に、一応連絡は入れた。絹子の病状がもう安定していたこともあって、相談の末、義姉には帰国後に伝えようと決めた。それがいいと当の絹子も賛成した。

「旅先でこんなこと聞かされたら、落ち着かないでしょう」

　苦笑まじりに答えた妻の横顔を、康則はそれとなくうかがう。今日はなかなか調子がよさそうだ。ひさびさに姉に会えて、いくらか元気が出たのかもしれない。

　仲のいい姉妹なのだ。七つも年齢が離れているからか、姉はなにかにつけて母親じみたおせっかいを焼き、妹は妹で彼女を頼りにしている。両親を早くに亡くし、助けあって暮らしてきたせいもあるのだろう。わたしは絹ちゃんの親がわりだからね、と義姉は得意げに胸を張る。だんなさんまで見つけてあげたんだから、たいしたものよね。

義姉の結婚式で、「新郎会社同僚」の康則は「新婦妹」の絹子と出会った。

正しくいえば、言葉をかわしたのは披露宴の後、今でいう二次会の場だった。義姉の発案で、ダンスパーティーが企画されていた。当時は街にダンスホールがいくつもあって、結婚前からよく踊りにいっていたらしい。

男女ペアの組みあわせはくじびきで決まった。絹子と向かいあった康則は、自己紹介もそこそこに、まず謝った。ダンスなんて、生まれてこのかた一度も踊ったことがなかった。お気になさらず、わたしもですから、と絹子は消え入りそうな声で応えた。

肝心のダンスそのものがどうだったのかは、覚えていない。見よう見まねで体を揺らしたはずだが、緊張しすぎたせいか、いつになく酒を飲んでいたせいか、記憶がすっぽり抜け落ちてしまっている。絹子の連絡先も聞かなかった。というか、聞けなかった。優しそうで感じのいい子だなとは思ったものの、初対面の異性と如才なく距離を詰めるなんて、康則にとっては踊る以上に難しかった。

もう会う機会もなかろうとあきらめていたところ、それからしばらくして新婚夫婦の住まいに招かれたときに、どういうわけか絹子も来ていた。絹ちゃんがどうしても来たいって言うから、と平然とうそぶく義姉の陰に隠れるようにして、恥ずかしそうに縮こまっていた。おせっかいな姉に無理やり呼びつけられたことは、誰が見ても明らかだった。

姉妹で仲はいいけれど、性格はまるで似ていないのだ。義姉は勝気で感情の起伏が激しく、なにか思いたったらすぐ行動に移す。絹子はどちらかといえば物静かで奥ゆかしく、万事おっとり、のんびりしている。

康則の運んできたパイプ椅子に腰を下ろし、義姉は足を組んだ。

「こういうときは、ちゃんと連絡してよね。旅行なんか、途中で切りあげて帰ってくればいいんだから」

渋い顔で言い捨てる。実際に、康則も絹子も姪たちも、彼女なら海の向こうから駆けつけかねないと見越して、あえて知らせなかったのである。

「お姉ちゃんはおおげさねえ」

絹子が笑うと、義姉はいっそう顔をしかめた。

「普通よ。たったひとりの妹の、一大事なんだから」

「一大事って、そんな大層な話じゃないわよ」

見舞いそのものも、一度は辞退したくらいだ。東京からはるばる来てもらうほど切迫した状況ではない。義姉が娘一家と同居している、都内の自宅からこの街まで、飛行機と特急電車を乗り継いで三時間以上もかかる。交通費も宿泊費もばかにならない。

「ぐあいも落ち着いてますし。検査の結果も悪くなくて」

康則も横から口を挟んだ。義姉が眉をひそめる。

「でも脳卒中なんでしょう？　頭って、こわいじゃないの」

「はい、ただ、比較的軽いものだったそうですから」

脳卒中にもいろいろあると担当医からは説明を受けた。病名としては、脳の血管が詰まったり破れたりすること全般を指すのだが、損傷の度合や範囲は患者によって違う。意識不明の重体となる場合もあれば、軽いめまい程度でおさまる場合もある。ごく軽症なら、ほとんど自覚症状も出ないまま、本人も気づかずに過ごしてしまう例すらあるという。

幸い、絹子は手術するほどの重症ではなく、薬物療法ですんでいる。先週受けた精密検査の結果では、経過も順調だそうだ。おそれていた後遺症も、ときどき左の手足が軽くしびれるのを除けば、麻痺《まひ》も痛みも特にないらしい。

「康則さんが早く見つけてくれたおかげで、手遅れにならなかったんでしょ？　よかったわねえ」

ようやく心配が和らいできたのか、義姉が少し表情をゆるめた。

「命の恩人ね。絹ちゃん、もう康則さんに頭が上がらないわね」

「いや、別にそんな」

康則はもごもご口ごもった。当日の一部始終について、電話で根掘り葉掘り問われるままに答えてしまったことが、今になって悔やまれる。

あの晩、夜ふけに目が覚めた康則は手洗いに行こうとして、浴室の脱衣所でうずくまっている絹子を見つけた。

康則たちは夕食の後に交代で風呂に入る。まず康則、その後に絹子という順番は、結婚当初から変わらない。たまには先に入ったらいいと康則がすすめても、お先にどうぞ、と絹子は必ず一番風呂を譲ってくれる。

お先にどうぞ。

風呂に限らず、それは絹子の口癖のようなものだった。食卓で、醤油さしに同時に手を伸ばしたとき。歳暮にもらった菓子の詰めあわせから、めいめい好きなひとつを選ぶとき。外出から帰って家の門をくぐるとき。そういう日常のささいなあれこれに加えて、なにかふたりで決めるときにも、もっぱら夫の意向を優先し、自分は後に従う。

「今どき夫唱婦《ふしょうふ》随《ずい》なんて古いわよ」

からかい半分にそう言う義姉のところは、まったく逆の、いわば婦唱夫随だった。ひと回りも年上の夫はおおらかで包容力があり、妻のやりたがることにはいやな顔ひとつせずにつきあっていた。

「あのひとがわたしのお願いを聞いてくれなかったのは、一度だけ」

亡夫の思い出話になると、義姉は冗談めかして肩をすくめてみせる。

「死なないでって言ったのに、死んじゃった」

十数年前に夫が逝ったときは、同じせりふを棺の傍らで絶叫し、葬儀に参列した客たちももらい泣きしていた。

康則自身も、涙をこらえるのに必死だった。義兄には会社で部下としてかわいがってもらったし、親戚どうしになってからはなおさら親しく行き来していた。当時は康則たちもそばに住んでいたから、見る影もなくやつれて家にひきこもっている姉を絹子は心配し、足繁く会いにいっていた。

やがて義姉は少しずつ立ち直り、本人いわく、第二の人生を満喫しはじめた。もともと趣味も友達も多い。喜寿を迎えた今も、旅行やら習いごとやら、忙しく過ごしているようだ。夫婦ともに出不精で、出かけるといえばせいぜい近所を散歩する程度の康則たちに、それじゃ老けるわよ、としょっちゅう説教してくる。

「女は強いのよ」

というのが、彼女の持論だ。女の中でもあなたは特に強いんですよ、と指摘するわけにもいかず、康則は謹んで拝聴する。

「男のひとは奥さん亡くすと、がくっと落ちこんじゃうからね。家のこともできないし。絹ちゃんも、康則さん残しては死ねないわよ」

「なあにそれ、縁起でもないこと言わないでよ」

絹子はころころと笑っていたが、こうなってみると笑いごとではない。

病室では、さすがの義姉もそんな「縁起でもないこと」は口にしなかった。似たような趣旨のことを、遠回しに言う。

「絹ちゃん、早くよくなって家に戻らなきゃ。康則さんもひとりじゃ大変よ」

「そうよね。ごめんなさい」

絹子がすまなそうにつぶやいた。

「おれのことはいいから」

いたたまれなくなって、康則は勢いよく首を振る。

三時頃に、ふたりで連れだって病室を出た。義姉は近くのホテルに一泊し、明朝にもう一度絹子を見舞ってから東京へ帰るという。

病棟の長い廊下を並んで歩きながら、康則はたずねた。

「夕めしはどうします？　このへんで一緒に食べますか？」

「わたしは適当にするから、大丈夫。土地勘もないわけじゃないし、友達に連絡してみてもいいし」

絹子たち姉妹は、この街で生まれ育ったのだ。絹子の高校入学と義姉の就職を機に、東京へ引っ越したらしい。

「わたしのことより、康則さんもゆっくり休んで。ずいぶん疲れた顔してるわよ」

かつかつとヒールの音を立てて歩いていた義姉が、不意に足をとめた。つられて立ちどまった康則を、じっと見上げる。

「ほんとにあの子、大丈夫なの？」

なにか隠していることがあるのではないか、と聞いているようだった。

「はい」

康則は慎重に答えた。医者はそう診たてているし、検査の結果もそれを裏づけている。

「そう？」

義姉が疑わしげに眉を上げた。姿勢がいいからか、均整のとれた体つきのおかげか、距離をおいて見たら背が低い印象はないのに、こうして向かいあうと思いのほか小柄だ。

「でも、元気がないわよね？」

康則は返事に困った。

やっぱり、わかるのか。今日は、少なくとも義姉が病室にいる間は、絹子は明るく自然にふるまっているように感じたけれども。

「今まで大きな病気をしたことがなかったですし、本人もちょっとショックなのかもしれません」

注意深く言った。この二週間、考えに考えて、たどり着いた結論である。結論というより、希望と呼ぶべきなのかもしれないが。

おかしい、と康則がはじめて気づいたのは、絹子が入院した二、三日後だった。

最初の心配がだいぶ薄らいできた頃合で、絹子に家のことをいくつか質問した。独身時代はひとり暮らしだったので、最低限の家事はやっていたが、四十年以上も妻に任せてきたわが家のことは、やはり勝手がわからない。

洗濯機の回しかたと、ごみ出しの曜日と手順を確認したところまでは、問題なかった。

「あと、冷蔵庫の中身はどうしよう？」

康則はたずねた。

「食べきれない分は捨てるとして、あの肉はもったいないよな。冷凍しようか」

「お肉って?」

「ほら、ステーキ肉。明くる日に食べるつもりだった。まだ悪くなってないと思うよ」

絹子が入院した日、十月二十五日は、ふたりの結婚記念日だった。

絹子は記念日を重んじる。夫婦それぞれの誕生日をはじめ、義姉家族のそれも、両親や義兄の命日も、もれなく覚えている。毎年、手作りのごちそうやケーキを用意したり、祝いの品を贈ったり、仏壇に花と菓子を供えたりする。さらに、節分や彼岸や冬至といった、一般的な季節行事も忘れない。豆をまき、おはぎを食べ、ゆず湯に入る。

康則のほうは、休日や祝日ならともかく、自分の生活に直接影響しない日付はどうも覚えられない。赤飯や食卓の花を目にしてはじめて、今日はなんの日だったっけ、と絹子にたずねることになる。たとえ気づかなくても、別段とがめられもしない。絹子のほうから話題にするときもあれば、特にふれないまま過ぎるときもある。

自分たちの結婚記念日は、康則もさすがに覚えている。披露宴の食事にちなんでステーキを食べるのが、四十数年来の恒例になっている。今年も例外ではないはずだった。よさそうなお肉があったからもう買っちゃった、と絹子は前日からはりきっていたのだ。

「ステーキ肉?」

宙に目をさまよわせている妻の顔を、康則はのぞきこんだ。胸騒ぎがしていた。

「ほら、結婚記念日の」

絹子は夫の視線から逃れるように目をふせて、小刻みにうなずいた。

「そうね、結婚記念日……そうだったわね……」

その日の帰りしなに、康則は担当医をつかまえて事情を話した。軽い記憶障害ではないかと彼は言った。

「脳のどこかが少し傷ついて、記憶が一部失われてしまったのかもしれません。特に発症の前後は、脳に負担がかかっていたわけですから、その間の記憶が不安定になっている可能性はあります」

そういえば、風呂を出てから康則に発見されるまでのことも、絹子はなにも覚えていないようだった。

「ただ、日常生活に支障が出るほどのものではないでしょう。ＣＴでもＭＲＩでも、損傷は見られませんでしたし」

康則は幾分安堵したものの、それ以来、絹子と会話するときには注意をはらうようになった。

今のところ、医師の言葉どおり、そこまで違和感を覚えることはない。ちょっとした物忘れや思い違いはあるとはいえ、まだまだ体調も万全ではないはずだし、薬の影響もあるのかもしれない。康則自身も、ここ数年でとみに忘れっぽくなった自覚がある。五つ年下の妻は若くて物覚えがいいと思いこんでいたけれど、絹子だってもう七十代なのだ。

それにもまして気になるのは、義姉も指摘したとおり、絹子の元気がないように見えることだった。覇気、やる気、と言い換えてもいい。

絹子はもとから、たとえば義姉のように、活発に動き回る性質《たち》ではない。口数もそこまで多くない。反面、決して感情が乏しいわけでも、無気力なわけでもない。目は口ほどにものを言うという言葉を、絹子はまさに体現していた。生き生きと輝き、もしくは悲しげに潤んだ瞳が、想いを伝えてくれた。

そのまなざしが、なんだか曇っている気がするのだった。

康則や医師が話しかければ、絹子はちゃんと答える。微笑んだり眉を寄せたり、表情も変わる。ただ、放っておくと、いつまでもぼんやりと窓の外を眺めている。手足のリハビリも、あまり気が乗らないようだ。まじめな絹子のことだから、がんばりすぎてしまうんじゃないか、とひそかに案じていた康則は拍子抜けした。

義姉に相談してみようか。思いつき、すぐさま打ち消す。彼女を巻きこんだら、おおごとになってしまいそうだ。もう少し様子を見てからのほうがいい。

義姉には他にもうひとつ、たずねておきたいことがある。

「あの、おねえさん」

正面玄関の手前で、康則は口を開いた。

「今月の二十五日ってなんの日か、ご存じですか？」

カレンダーを見てからざっと記憶をさらってみたが、お手あげだった。誰かの誕生日か、それとも命日か、どちらも心あたりはない。その手の記念日というわけではなくて、なにか予定でも入っていたのだろうか。

本人に聞いてみようかとも思ったけれど、もしも覚えていなかったら、と考えると腰がひけてしまう。康則や医師の質問に答えられないとき、絹子は心底申し訳なさそうな顔をするので、こっちまでたまらなくなる。

「今月……十一月二十五日ってこと？」

「はい。絹子がカレンダーにしるしをつけていて」

「絹ちゃんが？」

義姉はしばし考えこみ、ああ、と目もとをほころばせた。今日はじめての、自然な笑顔だった。

「それ、わたしたちの結婚記念日よ」

タクシー乗り場で義姉を見送り、康則は路線バスに乗った。山あいの病院から、運河の流れる街なかを経由し、自宅の最寄りの停留所まで三十分ほどで着く。

ちょうどバスがやってきて、停車したところだった。十人ばかりの列の最後尾について乗りこみ、ひとつだけぽつんと空いていた一人席に腰を下ろす。アナウンスとともにドアが閉まり、バスが動き出した。

「次は、いつだ?」

ひとつ前の座席に寄り添って座った老夫婦の、夫が妻に大声で話しかけている。どうやら、やや耳が遠いようだ。妻が夫の耳もとに口を寄せ、答える。

「来月よ。来月の、三日」

康則はふたりの背中から目をそらし、窓の外を見やった。隣の車線を走っていた黄色いタクシーが、加速してバスを追い抜いていく。

病院の廊下で、義姉はしきりに感心していた。

「絹ちゃん、うちの結婚記念日まで覚えてくれてるの。ほんとに記憶力がいいのよね、あの子は昔から」

その記憶力が揺らいでいるかもしれない、と打ち明けてしまいそうになるのを、康則はこらえた。軽はずみに口にしたが最後、「かもしれない」が厳然たる事実になってしまうような気がしたのだ。

「こうやってじっくり考えたら出てくるけど、日頃はばたばたしてて、つい忘れちゃうのよね。今年なんか、自分の誕生日も絹ちゃんに電話もらってはじめて思い出したくらい」

義姉は三月生まれだ。好物だという豆ごはんを、絹子は毎年こしらえている。

「まめだしねえ。うちの孫たちにまで、いつもプレゼント贈ってくれて」

姪や甥、それから彼らの子どもたちを、絹子はなにかと気にかけている。自分に子どもがいないせいもあるのかもしれない。東京で暮らしていた頃は、顔を合わせる機会も多く、向こうも絹子や康則になついていた。

定年退職後、地方へ移住しようかという話になったとき、絹子がさびしいのではないかと康則は気がかりだった。義姉の一家をはじめ、東京の友人知人とも会えなくなってしまうのだ。この街にはかつて住んでいたとはいえ、半世紀近くも昔の話で、当時の友達と交流が続いている様子もなかった。

「確かに最初はさびしいかも」

絹子はあっさりと言った。

「でも、これからはあなたもずっと家にいるでしょ」

その返事を聞いて、康則はなぜか、三十年も前のことを思い出していた。子どもができないならできないでかまわない、あなたがいるもの、と言いきった絹子の、穏やかながら決然とした顔つきを。

絹子が記念日を大切にするのも、子どもがいないことと関係があるのだろうか。夫婦ふたりの静かな、悪くいえば単調な暮らしに、ささやかなめりはりをつけたいという思惑も、ひょっとしたら働いているのかもしれない。

絹子が無事に退院したら、きちんと祝おう。

ちょっといいレストランにでも連れていこうか？　病みあがりで外食はくたびれるだろうか？　冷凍したあのステーキ肉を、康則が焼いてみるというのはどうだろう？　祝いそこねてしまった結婚記念日も兼ねることにして、いつも絹子がしているように、花やケーキなんかを買ってもいいかもしれない。

そうだ、プレゼントも用意しよう。贈りものなんて新婚の頃以来で少し気恥ずかしいけれど、快気祝いの意味あいもこめて、なにかちょっとしたものを。

バスはすでに丘を下りきり、海沿いを走っている。道の先に港が見えてきて、康則は急いで降車ボタンを押した。

バスを降りると、潮のにおいが鼻先をかすめた。

石畳の道を、康則はぶらぶらと歩きはじめた。港の周りには運河がめぐらされ、観光地としても人気がある。

観光客の比較的少ない平日の昼間に、ときどき康則も絹子とこのあたりを散歩した。ショーウィンドウをのぞき、気になる店があれば冷やかし、疲れたら喫茶店に入って休憩した。茶菓子とか、箸置《はしお》きとか、室内履きとか、小さな買いものをすることもあった。さまざまなかたちの箸置きや色とりどりの室内履きの中から、迷い性の絹子はたっぷり時間をかけて、家に持ち帰るべきふたつを厳選した。

絹子はなにを喜ぶだろう。

記念日の贈りものだから、食べものや消耗品よりも、後に残るものがいいかもしれない。やはり身につけるもの、アクセサリーの類だろうか。花瓶とか、日常遣いのできる食器でもよさそうだ。

女性向きの品物が置いてありそうな店の前を通りかかるたび、康則は立ちどまって中をうかがった。めっきり肌寒くなってきたからだろう、どこも入口の扉はぴたりと閉ざされている。しかも、客は女ばかりだ。男の、しかも老人の一人客など、どこにもいない。客の姿がなければないで、また気が進まない。康則は店の売り子と言葉をかわすのが苦手だ。それはいつも絹子の役目だった。

こういうところをひとりぼっちで歩くというのも、どうにも所在ないものだ。それに、ゆだんしていると、無意識に後ろを振り返りそうになる。絹子が半歩おいてついてきているわけではないと、頭ではわかっているのに。

出直そうか。明日にでも、絹子にほしいものをさりげなく聞いてみよう。

バス停のほうへ引き返しかけたとき、行きしなには前を素通りした、細い路地が目にとまった。数メートル先に、喫茶店の看板が出ている。

店内は空いていた。

「お好きな席にどうぞ」

おかっぱ頭の若いウェイトレスに迎えられ、康則は入口から一番近い、カウンターの端に座った。反対側の端では、康則と同年代くらいの男がひとり、黙々と文庫本を読みふけっている。その奥には立派なオーディオ装置が据えられ、軽やかなジャズが流れている。

ブレンドコーヒーを注文し、ひと息ついたところで、店の内装に見覚えがあることに気づいた。

二、三年ほど前になるだろうか、絹子と散歩している途中に、立ち寄った店だった。味気ないチェーン店とも、むやみに気合の入った観光客向けの店とも違った、落ち着いた雰囲気で、肝心のコーヒーの味もなかなかよかった。また来ようとふたりで言いあって、その後も何度か探してみたのに、なぜだか見つけられなかった。それきり忘れてしまっていたが、こんなところにあったのか。

あごひげをたくわえた店主の出してくれたコーヒーは、やはりおいしかった。

喫茶店を出た康則は、念入りに周囲を見回した。今度こそ場所をしっかり覚えておいて、絹子が退院したら連れてこよう。風景を心に刻みつけ、歩き出そうとした矢先に、ふと視線を感じた。

首をめぐらせると、若い男と目が合った。細い道をへだてた向かいの店先で、入口のドアに背をもたせ、こちらを見ている。いつからいたのだろう。全然気づかなかった。きょろきょろしていて、不審に思われただろうか。

立ちすくんでいる康則に向かって、男はひとなつこく笑いかけてきた。

「いらっしゃいませ」

にこやかに言って、ドアに手をかける。

自ら店に招き入れておきながら、彼は康則にことさら話しかけてはこなかった。

「どうぞ、ごゆっくり」

言い置いて、奥のテーブルでなにか手作業をはじめた。強引に売りこまれるようならすぐに出ようと身がまえていた康則の肩から、力が抜けた。

店内は向かいの喫茶店と同じ、奥に向かって細長いつくりで、間口のわりには奥ゆきがある。どっしりとした頑丈そうな木製の棚や、飴色に磨きこまれた床は、子ども時代を過ごした実家のそれを思い起こさせた。天井からつりさげられたランプの放つ玉子色の光も、どこかなつかしい感じがする。

康則は陳列棚に近づいて、並べてある透明な箱のひとつを手にとってみた。中には精巧そうな金色の器械が入っている。

オルゴールか。

いいかもしれない、と思った。かさばらないし、実用品よりも気が利いている。絹子も気に入っていた喫茶店のそばで偶然見つけたというのも、なにか縁を感じなくもない。

棚の片隅に、手作りと思しきチラシも置かれていた。既製品のほか、好きな曲を指定して作ってもらう、いわゆるオーダーメイドもできると書いてある。こだわりのある客には喜ばれるのかもしれないが、康則のように音楽というものになじみのない者にしてみれば、少々悩ましい。ここにあるものから適当に選ぼうと決め、康則は棚に向き直った。

オルゴールの箱の側面に小さなラベルが貼りつけられ、曲名が記してある。うんと腕を伸ばして目から遠ざければ、老眼にはつらい大きさの文字もかろうじて読みとれた。名前は知らない曲でも、ためしに鳴らしてみると、たいがい聞き覚えのある旋律が流れ出した。童謡も、クラシックも、歌謡曲もある。あまりにも脈絡がなさすぎる、ともいえる。この膨大な選択肢の中からどうやって選んだものか、いささか途方に暮れかけていたら、いいものが見つかった。

これにしよう。ぴったりだ。

「プレゼントですか？」

康則からオルゴールの箱を受けとった店員は、にっこりした。

「はい」

結婚行進曲のオルゴールを、自分ひとりのために買い求める客は多くないだろう。

「奥様に？」

「はい」

「かしこまりました。では、外箱もお選び下さい」

店員が出してくれた見本の中から、康則はふたの表面に上品な寄木細工《よせぎざいく》があしらわれた小箱を選んだ。地元の木工職人の作品だそうで、色あいの微妙に違う木片が組みあわさり、森の風景をかたちづくっている。木々の間から鹿やリスやキツネといった動物たちがひっそりと顔をのぞかせていて、派手すぎず地味すぎず、絹子も好みそうだ。

「よかったら、内側にメッセージも刻印できますよ」

そういえばチラシにも、世界にたったひとつ、あなただけのオルゴール、と謳《うた》ってあった。いくらか気持ちは動いたものの、ちょっと面映《おもは》ゆい。

「いや、けっこうです」

「せっかくですから、いかがですか。メッセージではなくて、おふたりのお名前でも」

商売っ気がなさそうな印象だったのに、けっこうしつこい。もしや追加料金がかかるのだろうか。別に金のことは気にしていない、むしろ景気よくいきたいくらいだが、と康則が思案していたら、店員はきっぱりと言い添えた。

「無料ですから」

「じゃあ、名前をお願いできますか」

押し問答も面倒になってきて、康則は折れた。

「かしこまりました」

「あと、日付も入れられます？」

「できますよ」

彼がうれしそうにうなずいた。

ふたの裏側の隅にごく小さく、YASUNORI & KINUKOとローマ字で入れてもらうことにした。日付は十月二十五日、年号はあえて省略する。

康則が記入した申込用紙に目を走らせ、店員は首をかしげた。

「十月、ですか？」

老いた客がうっかり書き間違えたのではないかと誤解したのだろう。普通、こういう贈りものは、当日よりも前に準備しておくものだ。

「はい、十月二十五日です。ちょっと遅くなってしまって」

十一月二十五日では、康則たちの結婚記念日ではなく、義姉たちのそれになってしまう。考えたところで、康則はふっとひらめいた。

もしかして、絹子も間違えたのだろうか。間違えてカレンダーにしるしをつけたのだろうか。

病院で義姉と話したときには康則も腑に落ちた気になっていたけれど、よく考えてみれば、絹子が姉の結婚記念日をわざわざ書きとめていたというのも妙だった。義兄が健在ならともかく、もはやひとりになってしまった義姉に、祝いの言葉をかけるのも不自然だろう。

絹子の頭にあったのは、姉ではなく自分自身の結婚記念日の日付だったんじゃないか。本当は、十月二十五日にまるをつけたかったんじゃないか。

そのときたまたま、十月二十五日と十一月二十五日を混同してしまったのかもしれない。あるいは単に、カレンダーを一枚よけいにめくりすぎただけかもしれない。開いているのが十一月のページだとは気づかず、十月のつもりでしるしをつけたのではないか。ちょうど、義姉からの留守番電話で見舞いの日どりを聞いた康則が、十一月十日のつもりで十月十日の曜日を確認してしまったように。

きっとそうだ。ひとまず二十五の数字をまるで囲んでから、絹子は勘違いに気づいたのだろう。だから他の予定と違い、文字の説明は添えられていなかったのだ。全部つじつまが合う。覚え違いよりも書き間違いのほうが、絹子らしい。なにしろ、絹子は記憶力が抜群にいいのだから。

きっとそうだ。いくらか心が軽くなったのを感じながらも、それとも、と康則はさらに考えをめぐらせてしまう。

それとも、その時点ですでに絹子の脳は変調をきたしていたのだろうか？　それゆえに、ふだんだったらありえない間違いをしでかしたのだろうか？

今にして思えば、兆しはあった。

あの日、十月二十四日、夕食のときから絹子は顔色が悪かった。言葉少なで箸の進みも遅く、康則が食事を終えても、絹子の皿の中身は半分近くも残っていた。

「おい、大丈夫か？」

心配になってたずねると、ぼうっとしていた絹子はぎこちなく笑った。

「ごめんなさい、ちょっと疲れちゃったみたい。明日はせっかくのごちそうだし、早く治さないとね」

「体調が悪いなら、あんまり無理するなよ」

「急に寒くなって、体が冷えたのかも。お風呂であったまって早寝するわ」

「そうだな。今日は先に入ったらいい」

「ううん、後でいい」

絹子はためらいなく断った。

「お先にどうぞ。わたしは片づけもあるし、長風呂だから」

もし康則があそこでもう一息食いさがっていれば、その後の展開も変わったのだろうか。片づけなんかいいから早く休め、とすすめていれば。先に風呂に入らせていれば。そうすれば、絹子の発作にもっと早く気づけたのではないか。少なくとも、深夜まで放っておくことにはならなかったはずだ。たいていの病気がそうだろうが、特に脳卒中は、発症直後の対処が早ければ早いほど望ましい。

実際には、康則はのんきに一番風呂に入った。あがったのは八時頃だっただろうか。続いて絹子が風呂に入っている間、ふとんに寝そべって本を読んでいた。入浴の後は睡魔に襲われ、絹子が寝室に戻ってくる前に寝入ってしまうことも多いけれど、あの晩は待つつもりだった。妻の体調がまだ気になっていたのだ。

絹子はなかなか戻ってこなかった。

ページを繰っているうちに、康則はうとうとしてしまっていたらしい。名前を呼ばれたような気がしてまぶたを開けた瞬間、ほんの一瞬うたた寝しただけだと思ったのは、寝室の様子が最前と変わっていなかったからだ。天井のあかりはつけっぱなしで、隣のふとんは空っぽだった。

尿意を覚え、廊下へ出た。はだしに木の床が冷たくて、一気に目が冴えた。小走りに手洗いへ向かおうとしたところで、足がとまった。

廊下のつきあたりにある脱衣所の引き戸が薄く開き、光がひと筋もれていた。

「絹子?」

中をのぞいて、康則はぎょっとした。肌着姿の絹子が、うつむいて床にかがみこんでいた。

「どうした?」

康則が声をかけると、絹子はのろのろと振り向いた。顔が白く、濡れた髪が額にはりついている。

「ちょっとのぼせたみたい。くらくらしちゃって」

腰を伸ばしかけ、またしゃがみこむ。

「大丈夫か？　無理しないほうがいい」

ひざまずき、絹子に肩を貸そうとして、康則は再びぎょっとした。肌着越しにふれてもはっきりわかるほど、絹子の体は冷えきっていた。

とっさに、洗面台に置いてある、デジタル時計を見上げた。午前二時を過ぎていた。


オルゴールができあがったと連絡が入ったのは、ちょうど二週間後だった。その翌日、十一月二十五日に、康則は病院に行く前に店へ立ち寄った。

今回もまた、客の姿はなかった。この間の店員が、これも前と同じく、ひとりで店番をしていた。康則の顔を覚えていたようで、完成したオルゴールを手早くテーブルの上に出して見せてくれる。注文したとおり、外箱に名前と日付――十一月二十五日ではなく、十月二十五日――も入っていた。

「よかったら試聴なさいますか？」

「いえ。いいです」

せっかくだから、最初は絹子と一緒に聴きたい。退院祝いも兼ねるつもりだったけれど、こうして現物を見たら、早く渡したくなってきた。

「奥様にも気に入っていただけるといいですね」

紙箱にオルゴールをおさめながら、店員が言った。

入院してひと月が経っても、絹子の容態に目立った変化はない。定期的に受けている検査の結果は引き続き良好で、順調に回復しているはずだと医師は繰り返すが、康則はどうも鵜《う》呑《の》みにできない。

見舞いには毎日行っている。康則が病室に入っていくと、絹子はたいていベッドに横たわり、小型テレビを観ている。

「どう、体調は」

「まあまあ」

「そうか」

お決まりのやりとりをかわしてしまった後は、会話もはずまない。ふたりして、テレビの画面を眺めるともなく眺める。

時折、康則は妻を盗み見る。無表情な横顔が、なんだか知らない女のように見えてくる。

絹子は家ではめったにテレビを観なかった。

「なにもかも元どおりってわけにはいきませんよ」

半ば慰めるように、半ばたしなめるように、医師からは諭される。それは康則にもわかっている。わかっているのだけれど、どうしても、以前の絹子と比べてしまう。

リハビリの進捗《しんちょく》も、あまりはかばかしくない。やったほうがいいと康則のほうからうながせば、絹子もおとなしく従うものの、乗り気ではないようだ。痛むのかと聞いても、そうでもない、とあいまいに答えるばかりで要領を得ない。

「絹ちゃんはなんでも康則さんに決めてもらうのね」

まだ若かった頃、たびたび義姉にからかわれたものだ。

「そんなことないわ。わたしだって、考えてる」

絹子は楽しそうに反論していた。

「考えて、ついていこうって決めてるの」

でも今は、どうだろうか。

夫についていくかどうか、言い換えれば、夫の意見に従うかどうか、はたして絹子は自分でも考えているのだろうか。康則の目には、ただ機械的に、言われたことをそのままやっているだけのようにも映る。治りたいという意欲も、治さなければという意志もなく。

「あせりは禁物ですよ」

医師は康則に言う。

「リハビリが好きだっていう患者さんのほうが珍しいんです。すぐに結果が出るものじゃないですし、億劫《おっくう》に感じられるのも無理はありません」

一般論としては一理ある。しかし、絹子はそういう性分じゃない。ないはずだ。億劫だからといって、やるべきことを怠るなんて、絹子らしくない。

「ひょんなきっかけで、急に調子が戻ってくることもありますから。ご主人も長い目で見守ってあげて下さい」

もっともらしく説く医師に、康則は問いただしそうになる。本当に、戻るのか。いつ戻るのか。

お先にどうぞ、と絹子はいつだって譲ってくれたのだ。もう何年も、何十年もの間、ずっと変わらずに。いきなり夫を置いて先に行こうとするなんて、信じられない。どこか、はるか遠く、わけのわからない場所へ、ひとりで行ってしまうなんて。

リボンのかかった箱を渡すと、絹子はベッドの上で顔をほころばせた。

「なあに？」

屈託のない笑みに、康則はほっとした。

「プレゼントだよ。結婚記念日の」

「結婚記念日？」

絹子が不思議そうに問い返した。

「今日って、十月二十五日だった？」

一瞬、康則は言葉に詰まった。声が揺れないように注意して、答える。

「いいや、十一月二十五日。ひと月遅れだけど、今年は祝いそびれてたから」

「ああ。そうね。そうだったわ」

絹子がゆっくりとまばたきをした。

「ちょっと頭がこんがらがっちゃった」

「よかったら、開けてみて。手は大丈夫？」

気を取り直し、康則はすすめた。

「うん。平気」

絹子は丁寧にリボンをほどき、紙箱を開けた。

「まあ。すてき」

寄木細工の小箱を両手でかかげ、目を細めた。そうっとふたを開け、中をのぞきこむ。

「オルゴールね。聴いてもいい？」

「もちろん。ちょっと貸して」

康則は絹子からオルゴールをひきとって、底のぜんまいをたっぷり巻き、ベッドサイドのテーブルに置いた。素朴な愛らしい音が鳴りはじめる。

「えっ？」

思わず、声がもれた。絹子が首をかしげる。

「どうしたの？」

オルゴールが奏でている旋律は、康則が予期していたものと違った。

中の器械と外箱を組みあわせるときに、なにか手違いがあったのだろうか。こんなことなら、店で受けとるときにきちんと試聴すればよかった。せっかくはりきって贈りものを準備したというのに、とんだへまをしてしまった。

「絹子、これは……」

説明しかけて、康則は口をつぐんだ。絹子が両手で口もとを覆い、目を見開いていた。

「なつかしいわねえ」

ささやくと、口にあてていた手を下ろし、康則のほうにまっすぐさしのべてくる。わけのわからないまま、康則は妻の両手をとった。

「一、二、三」

ゆるやかな三拍子のリズムに乗って、絹子がつないだ手を揺らす。一、二、三。一、二、か、遠い昔に。

三。だんだん、康則もこの曲をどこかで聴いたことがあるような気がしてきた。いつだった

「なんの曲だっけ、これ？」

「え？　覚えてないの？」

絹子が手を休め、いぶかしげにたずねた。

「じゃあ、なんでこの曲にしたの？」

「ええと、それは……」

ワルツが少しずつ遅くなり、やがてとぎれた。

「踊ったじゃない」

絹子はじれったそうに言う。

「踊った？」

おうむ返しに応え、康則は息をのんだ。かつて一度だけ、絹子とふたりで踊ったことがある。優雅なワルツの調べに合わせて、おっかなびっくりに。

何十年も前の今日、十一月二十五日のことだ。

「よく覚えてるなあ」

「大事な思い出だもの」

わたしにとってはね、と絹子はいたずらっぽく言い添えた。カレンダーにつけてあったしるしが、康則の脳裏によみがえった。

「はじめてあなたに出会った、記念の日だから」

覚え違いでも、書き間違いでも、なかったのか。絹子にとって十一月二十五日は、毎年思い返すべき大切な記念日だったのか。

康則はそっとオルゴールをとりあげて、ぜんまいを巻き直した。

再開した音楽に合わせ、絹子がまた手を揺らしはじめた。先ほどよりも大きく、肩まで一緒に動かしながら、うっとりと目を閉じる。

桜の花びらが、ふわりふわりと運河の水面に舞い落ちていく。

「疲れてないか?」

隣を歩く絹子に、康則は声をかけた。

「ううん、ちっとも。気持ちいいわ。春のにおいがする」

「もうすぐ着くから」

気候がよくなったら、散歩がてら件《くだん》の喫茶店に行こうというのは、絹子が退院したときからの約束だった。北国の春は遅い。五月の連休を目前にひかえて、やっと散歩を楽しめる陽気になってきた。

「こんなところにあったのね」

細い小路に足を踏み入れて、絹子ははずんだ声を上げた。

店に入り、カウンターの中ほどに並んで座って、ブレンドコーヒーをふたつ注文した。この間のウェイトレスの姿はなく、店主ひとりで店を回している。

「お待たせしました」

彼はカウンターの内側から、まず絹子に、次いで康則に、そろいのカップをしずしずと差し出した。香ばしいにおいが鼻をくすぐる。

「ああ、やっぱりおいしい」

絹子がカップを両手で持ってひと口すすり、満足そうに言った。カウンターの端にいた女性客と世間話をはじめた店主を、目で示す。

「ねえ、あのご主人、前に来たときはめがねじゃなかった？」

「そうだったか？」

「たぶん。まるいレンズで、べっこう縁《ぶち》の」

「よく覚えてるな。もう何年も前のことなのに」

前回ひとりでここへ来たとき、つまりおよそ半年前にめがねをかけていたかどうかすら、康則には思い出せない。

「さゆりちゃんのだんなさんにちょっと似てるなって思ったのよ、確か」

「絹子はほんとに記憶力がいいな」

感心し、思いついてつけ加える。

「あのオルゴールの曲も、半世紀近く経つのに覚えてたしな」

「忘れられないわよ」

絹子がカップをソーサーに置き、上目遣いに康則を見やった。ためらうように間をおいてから、口を開く。

「だって、ひとめぼれだったんだもの」

康則はまじまじと妻に見入った。はにかんだ笑顔に、すべらかな頬を薔薇色《ばらいろ》に染め、潤んだ目でこちらを見上げていた女の子のそれが、重なった。

「……知らなかった」

「言わなかったもの」

絹子はきまり悪そうに目をそらし、そうだ、と口調を変えた。

「あとでオルゴール屋さんものぞきたいな。この近くなのよね？」

急に過去から現在へ引き戻されて、康則はまばたきした。

「そんな話もしたっけ？」

「したじゃない。前を通りかかったら店員さんと目が合っちゃって、入らなきゃいけない雰囲気になったって」

絹子は眉間にしわを寄せ、あきれている。妻がときたま見せるこの表情が、康則は好きだ。一時期見られなくなっていたおかげで、もっと好きになった。

「あのう、ひょっとして」

カウンターの向こうから、店主が遠慮がちに話しかけてきた。

「オルゴール屋って、向かいの店のことですか？」

「はあ」

唐突に声をかけられて戸惑っている康則たちを、交互に見る。

「あそこ、移転したんですよ」

「えっ。そうなんですか」

「この近くに？」

「いいえ、かなり遠いです」

移転先の地名を聞いて、康則は絹子と顔を見あわせた。確かに遠い。日本列島のほぼ北端から南端へ、ずいぶん思いきって動いたものだ。

「つい先月です。惜しかったですね。オルゴールを買いにいらしたんですか?」

店主が気の毒そうに言う。

「いえ。もう買ったんです」

康則は首を振った。絹子が後をひきとる。

「とっても気に入ったので、ひとことお礼を言いたくて」

康則のほうは、礼だけでなく、あの店員に質問もしたかった。結婚行進曲が、いったいどうやってワルツに化けたのか。

「ごちそうさま」

奥の客から声がかかった。店主が康則たちに一礼し、そちらへ向かう。

「残念だったわね」

絹子に耳打ちされて、康則は小さく肩をすくめた。

熱いコーヒーをちびちびと飲みつつ、でも、と考えをめぐらせる。いつか、思いがけない瞬間に、ふと謎が解ける日がくるかもしれない。三年越しで見つかる喫茶店もある。五十年越しで明らかになる真実もある。

その後は立て続けに客が入ってきて、店は満員になった。カウンターの内側を忙しそうに行き来している店主を呼びとめて会計をすませ、康則たちは席を立った。

「これからどうする？」

「廃線跡のほうにちょっと行ってみない？　遊歩道の入口に、立派な桜があったでしょ」

「ああ、そうだったな」

「帰りに桜餅も買いましょうよ。遊覧船乗り場の向かいにある和菓子屋さん、前もおいしかったから」

「いいね」

康則はドアを押し開け、背で押さえた。

「お先に、どうぞ」

さっきは気づかなかったけれど、ドアにはアルバイト募集の告知が貼られている。向かいの店のシャッターにも、テナント募集と貼り紙がしてあるのが見えた。

「どうもありがとう」

踊りのパートナーに挨拶するかのように気どったしぐさで、絹子がスカートをつまんで持ちあげた。晴れやかな微笑を浮かべ、明るいおもてに足を踏み出す。

解説

瀧井朝世

小さな櫛状になった金属片が弾かれて、愛らしい音を奏でるシリンダーオルゴール。幼い頃、短い演奏の間、回転するシリンダーをまじまじと眺めながら耳を傾けた経験のある人も多いのではないか。そう、オルゴールはなぜか、人に耳を傾けさせる。

本作『ありえないほどうるさいオルゴール店』は、二〇一五年から二〇一七年にかけて、「GINGER L.」「パピルス」「小説幻冬」といった幻冬舎の発行する雑誌に掲載され、二〇一八年五月に単行本として刊行された。本書はその文庫化だ。

舞台について具体的な地名は出てこないが、「北の町」「運河」「オルゴール」とくれば、やはり小樽だろう。この町には実際にオルゴール店が多く、レンガ造りが美しい「小樽オルゴール堂」という観光スポットもある。作中に出てくるようなオルゴールが自作できるキットも、実際に販売されているものだ。ではこの小説は小樽に実在する店をモデルにしているのかというと、それはちょっと違う。店の宣伝文には、こんな風変わりな一文が盛り込まれている。

〈ご相談いただければ、耳利きの職人が、お客様にぴったりの音楽をおすすめします。〉

目利きとはよく聞くが、耳利きとは馴染みのない言葉だ。それに耳利きといっても、どうやって客にぴったりの曲が分かるのか。実は店主には、人の心に流れる音楽が聴けるという不思議な能力がある。そんな彼のもとを偶然訪れ、オルゴールを作る、あるいはもらう人々が登場するのが本作だ。各章、主人公となる人物は何かしら悩みを抱えているが、ではこのオルゴール店は、彼らに何をもたらすのか。

人は生きている間にどれくらいの音楽を聴くのだろう。紅茶に浸したマドレーヌを口にしたとたんに思い出がよみがえる、というのはプルーストの『失われた時を求めて』にある有名なシーンだが、同じようなことは聴覚でも起きる。街角で、どこかの店で、ラジオやネットで、昔よく聴いていた曲が流れた瞬間、当時の感覚に引き戻されたことはないだろうか。

このオルゴール店の店主は、まさにその体験を引き起こしてくれる。だが、店主が選んでくれた曲によって忘れていた何かを思い出し、癒されたり救われたりする、という話だけで終わらせていないのが、この著者の上手いところだ。

耳を傾けること。それが本作の大きなテーマだ。音楽に耳を傾けるということだけではない。本書の登場人物たちは、相手の心の声、そして自分の心の声に耳を傾ける。人は他人の気持ちだけでなく自分の気持ちに気づかなかったり、見て見ないふりをすることがある。オルゴール店に足を踏み入れた人たちは、見過ごされてきた、いや、聞き過ごされてきた声たちに耳を傾けていく。曲を聴いて気づく場合もあれば、曲を選ぶために過去を丁寧に振り返り、自分を見つめ直す人もいる。単に不思議な店主にオルゴールをもらえば問題が解決するのではなく、能動的に、聴こうとする姿勢を持ってはじめて、彼らの心の中に変化が生まれていくのだ。

「よりみち」の主人公はこの町に住む美咲。三歳の息子、悠人が先天性の難聴と診断され、専門の教室に通っている。教室の帰りに二人でたまたま寄ったのがこの店だ。息子の将来について、夫との考え方の微妙な違い、嫂《あによめ》のエピソードなどからも、彼女が心細い状況にいることがうかがえる。だがなにより一番不安にさせているのは、幼い息子の心中がはっきりと分からないことだろう。彼女なりに息子と接して感じているその心の声を、オルゴールはしっかりと伝えてくれる。

「はなうた」は、観光でやってきた順平の話。二年半一緒に暮らしてきた恋人、梨香が自分に愛想をつかして田舎で見合いすると言い出し、一か八かで旅行に誘ったが結局は一人で来ることになってしまった。本篇の特徴はオルゴールの出来上がりまでが描かれないこと。重きが置かれるのは、旅のなかで過去を思い出し、恋人の心の声に耳を傾けていく過程。それを経て、オルゴールの曲を選ぶ時にはもう、彼の心は決まっている。

「おそろい」は、大学のバンド仲間三人で卒業旅行中の歩美が主人公。バンドメンバーは本当は四人いる。旅に不参加の瑠歌は、卒業後は東京に出て音楽活動を続けたいと主張、地元で働こうと考える歩美たちと意見が対立してしまったのだ。絶交とまではいかなかったものの気まずくなり、瑠歌は旅に誘っても来なかった。それを心のどこかで気にしつつ、歩美たちは旅の記念にオルゴールを作ろうとする。この話でも曲目を決めるのは彼女たちだが、出来上がったオルゴールにはなんとも粋な計らいがなされており、彼女たちは自分たちの心の声に気づく。

「ふるさと」は、父の法要のために故郷の村に帰る途中の三郎の話。漁師だった父は息子が跡を継ぐことを期待していたが、三郎は拒絶し進学して上京、そのまま就職、結婚した。頑固で無神経な父とは分かり合えなかったが、帰郷の道中、彼もまた、来し方を振り返るという心の旅をしている。偶然オルゴール店に立ち寄り、意外な曲を聴くという体験があったからこそ、母の言葉を、彼は驚きながらも素直に受け入れられたのではないか。

「バイエル」の主人公、香音はこの町に住む少女。小さい頃から音に敏感で、不快な音には過剰に拒否反応を示す彼女に音楽の才能があると見込んだ母親は、ピアノを習わせる。が、いつしかその期待が娘にとっては重荷になっている。その日、彼女がピアノのレッスンをサボってふらりと入ったのが、例のオルゴール店だ。この章で店主が選んだ曲はふたつ。その二曲によって、少女は自分の原点を思い出す。

「おむかい」は、店の向かいの喫茶店で働く瑞希が視点人物だ。いつもオルゴール店にコーヒーを配達しているものの、彼女は店主の名前も来歴も知らない。ある時配達を機に二人で話し込み、オルゴールをひとつもらうのだが……。この章は、謎めいたオルゴール店の店主の人柄が浮かび上がってくるうえ、変化が生じる予感を抱かせる。起承転結でいえば「転」の章。

「おさきに」は老夫婦の話だ。妻の絹子が脳卒中で入院、大ごとには至らなかったが夫の康則には気がかりがある。というのも、絹子の記憶力がどうにもあやしいのだ。退院祝いに何かプレゼントしようと思っていたところ、以前妻と入った喫茶店を見つけ、その向かいのオルゴール店に気づく。ここで選ばれるのは、康則ではなく絹子が大切に憶えていた、二人にとって大切な曲。康則はすっかり忘れていたわけだが、心の底に長年この曲があったのだろうと思わせて、二人の愛情にしみじみとする。そして、オルゴール店にも転機が訪れていた――。

どの章も、短い枚数のなかで、周囲の人々とのやりとり、日常のささやかなエピソードから主人公たちの人柄や人生模様をくっきりと象《かたど》っていくテクニックはさすが。主人公たちに深みがあるからこそ、彼らの悩みや心の変化に読者も感じ入ることができる。誰にでも通じる言葉で、複雑なことを分かりやすく書く。それが瀧羽麻子の魅力でもある。

著者は二〇〇七年、ちょっぴり不思議な要素が入った青春小説『うさぎパン』で第二回ダ・ヴィンチ文学賞大賞を受賞して作家デビュー。京大生時代に自身も暮らしていた京都を舞台にした『左京区七夕通東入ル』などの「左京区」シリーズをはじめ、広い作風で多くの作品を発表している。どれも、決して人を突き放さない物語だ。職業小説が多いのも特徴で、田舎の納豆会社に転職した女性を描く『株式会社ネバーラ北関東支社』、中堅化粧品会社に入社した新入社員が奮闘する『白雪堂化粧品マーケティング部峰村幸子の仕事と恋』、椅子工房が舞台の『虹にすわる』、農業を題材にした『女神のサラダ』や造船会社を舞台にした

『乗りかかった船』、転職エージェントのキャリアアドバイザーが主人公の『あなたのご希望の条件は』といった作品がある。

『ありえないほどうるさいオルゴール店』も、店主の立場から考えると職業小説といえなくはない。そもそもタイトルの「ありえないほどうるさい」は、店主の立場に立った表現だ。さまざまな人の心の音楽が聴こえてしまう彼にとって、日常は非常にうるさいものだろう。それでも、厭世的になって人里離れてひっそり暮らす……とはならずに、自分の能力を活かして悩める人たちの背中をそっと押す彼の人柄に魅了されずにはいられない。作中に店の名も店主の名前も出てこないため、この先、どこかでオルゴール店を見かけたら、彼がいるかもしれないと思ってしまいそうだ。あなただったらどんなオルゴールを作り、どんな曲を選んでもらうだろう？　そんな想像も楽しいはず。まずはオルゴール箱を開けるように本書のページを開き、彼らと一緒になって、自分の心の中の大切な曲を鳴らしてみてはどうだろう。

——ライター

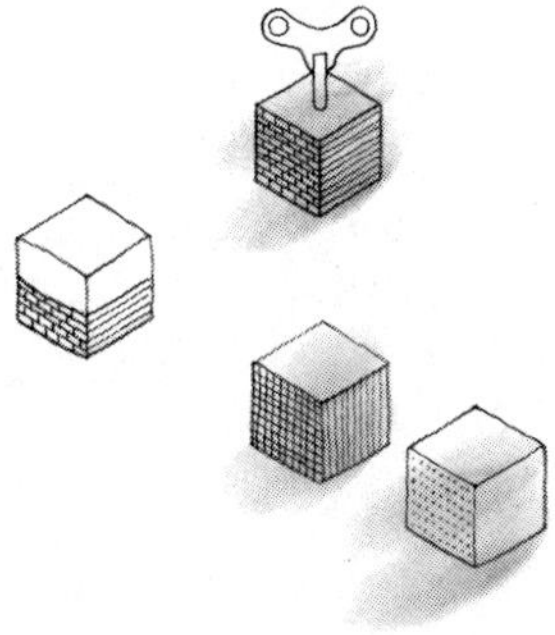

本文デザイン・挿画　榊原直樹
取材協力　海鳴楼

この作品は二〇一八年五月小社より刊行されたものです。

幻冬舎文庫

●好評既刊
うさぎパン
瀧羽麻子

継母と暮らす15歳の優子は、同級生の富田君と初めての恋を経験する。パン屋巡りをしながら心を通わせる二人。そんなある日、意外な人物が優子の前に……。書き下ろし短編「はちみつ」も収録。

●好評既刊
株式会社ネバーラ北関東支社
瀧羽麻子

東京でバリバリ働いていた弥生が、田舎の納豆メーカーに転職。人生の一回休みのつもりで来たはずが、いつしかかけがえのない仲間との大切な場所に。書き下ろし「はるのうららの」も収録。

●好評既刊
いろは匂へど
瀧羽麻子

奥手な30代女子が、年上の草木染め職人に恋をした。奔放なのに強引なことをしない彼が、初めて唇を寄せてきた夜。翌日の、いつもと変わらぬ笑顔……。京都の街は、ほろ苦く、時々甘い。

●最新刊
猫は、うれしかったことしか覚えていない
石黒由紀子・文　ミロコマチコ・絵

「猫は、好きをおさえない」「猫は、引きずらない」「猫は、命いっぱい生きている」……迷ったり、軸がぶれたとき、自分の中にある答えを探るヒントを、猫たちが教えてくれるかもしれません。

●最新刊
男の不作法
内館牧子

知らず知らずのうちに、無礼を垂れ流していませんか？　「得意気に下ネタを言う」「上司には弱く部下には横柄」「忖度しすぎて自分の意見を言わない」。男性ならではの不作法を痛快に斬る。

幻冬舎文庫

●最新刊
やっぱりかわいくないフィンランド
芹澤　桂

たまたまフィンランド人と結婚して子供を産んで、ヘルシンキに暮らすこと早数年。それでも毎日はまだまだ驚きの連続！　「かわいい北欧」のイメージを覆す、爆笑赤裸々エッセイ。好評第二弾！

●最新刊
ありえないほどうるさいオルゴール店
瀧羽麻子

北の小さな町にあるオルゴール店では、「心に流れている音楽が聞こえる」という店主が、不思議な力で、傷ついた人の心を癒してくれます。今日はどんなお客様がやってくるでしょうか――。

●最新刊
オーストリア滞在記
中谷美紀

ドイツ人男性と結婚し、想像もしなかった田舎暮らしが始まった。朝は、掃除と洗濯。晴れた日には、スコップを握り庭造り。ドイツ語レッスンも欠かさない。女優・中谷美紀のかけがえのない日常。

●最新刊
ののペディア　心の記憶
山口乃々華

2020年12月に解散したダンス&ボーカルグループE-girls。パフォーマーのひとりとして走り続けた日々から生まれた想い、発見、そして希望。心の声をリアルな言葉で綴った、初エッセイ。

●最新刊
猫には嫌なところがまったくない
山田かおり

黒猫CPと、クリームパンみたいな手を持つのりやすは、仲良くないのにいつも一緒。ピクニックのように幸福な日々は、ある日突然失われて――。猫と暮らす全ての人に贈る、ふわふわの記録。

ありえないほどうるさいオルゴール店《てん》

瀧《たき》羽《わ》麻《あさ》子《こ》

令和3年2月5日　初版発行
令和5年3月25日　7版発行

発行人——石原正康
編集人——高部真人
発行所——株式会社幻冬舎
〒151-0051東京都渋谷区千駄ヶ谷4-9-7
電話　03(5411)6222(営業)
　　　03(5411)6211(編集)
公式HP　https://www.gentosha.co.jp/
印刷・製本—中央精版印刷株式会社
装丁者——高橋雅之

幻冬舎文庫

ISBN978-4-344-43062-4　C0193　た-45-4